포항의 길

포항의 길

서명숙·노승욱 외 22인

글누림

'포항의 길'은 시민들이
함께 만들어 나가는 길

　　'포항의 길'에 대한 시민 여러분의 소중한 생각과 글이 담긴 한 권의
책이 나왔습니다. 이렇게 의미 있는 책이 나오기까지 많은 수고를 해주시고,
귀한 강연을 통해 글쓰기의 방법과 매력을 시민들께 알려주신 포스텍
인문사회학부 노승욱 교수님을 비롯한 관계자 여러분께 깊은 감사의 말씀을
드립니다. 코로나19 등 어렵고 바쁜 가운데에서 우리 포항에 대한 뜨거운
애정이 듬뿍 담긴 글을 써주신 시민 여러분께도 감사드립니다.

　　4차 산업혁명 시대의 도래와 함께 포스트 코로나 시대를 맞은 지금,
바쁜 일상 속에서 마음을 다잡고 한 편의 글을 쓰기가 참으로 어려운 시절이
된 것 같습니다. 하지만 한편으로는 그만큼 일상에서의 글쓰기가 꼭 필요한
시대가 되었다고 생각합니다. 과학기술과 지식정보를 중심으로 모든
것이 빠르게 변하고 있는 지금은, 자신만의 철학과 가치관, 정체성을 담은
성찰로서의 글쓰기가 더욱 절실해진 시대입니다.

　　글쓰기는 자신의 생각을 표현하는 방법 중 한 가지입니다. 그래서
누구나 글을 쓸 수 있습니다. 글쓰기를 통해 자신의 평소 생각들이 정리되고,
그렇게 정리된 생각들이 다시 세상 속으로 뻗어나감으로써 또 다른 새로운
생각들을 불러일으키는 원동력이 됩니다. 이것은 소통의 방법이자, 한
사람의 인생에 있어 스스로를 완성시켜나가는 매우 중요한 과정이기도
합니다. 또한, 글은 그 자체로서 역사의 한 부분이자, 현 사회의 단면이며,
앞으로 나아가야 할 방향을 탐색하기 위한 귀중한 자료가 될 수도 있습니다.

특히 이번 프로젝트의 주제인 '포항의 길'은 포항시민 여러분이
함께 만들어가는 길입니다. 우리 지역에 대한 애정을 담아 여러분께서
보여주신 많은 길들이, 그동안의 기록이 되고 내일을 밝히는 등불이 될
것입니다. 포항의 발전과 시민의 행복을 위한 그 길에 늘 관심을 가져주셔서
감사드리며, 글쓰기를 통해 앞으로도 우리 포항의 길을 다채로운 색깔로
채워 나가주시길 부탁드립니다. 코로나19 장기화로 인한 사회적 거리두기로
몸은 멀어졌지만, 진솔한 내면을 담은 따뜻한 글로써 함께 소통하며 마음은
가까워지는 뜻깊은 계기가 되었으면 합니다.

아울러 지난 2019년부터 매년 특별한 프로젝트를 통해서 포항시민과
함께 해주시는 가운데 시민교양과 지역사회 문화 발전을 위해 많은 애를
써주신 포스텍 문명시민교육원 관계자 분께 다시 한번 감사의 말씀을
드립니다.

2021년 11월
포항시장 이강덕

발간사

포항의 길, 꽃으로 피고
별처럼 떠오르다

우리는 아직도 팬데믹의 터널 안에 있다. 백신 접종이 시작되면서 곧 출구가 보이는가 싶기도 했지만, 아직도 예전의 일상을 비추던 빛은 보이지 않는다. 그렇다고 옛 시간을 되새기며 추억하고 있을 수만은 없다. 새로운 일상이 하루하루 또 다른 역사가 되어 가고 있다. 터널 끝 어딘가에서 우리를 기다리고 있을 미래를 맞이하기 위해서 우리는 오늘, 이곳에서 겪고 있는 일상의 이야기를 기록해야 한다.

〈2021 일상의 글쓰기: 포항의 길〉은 우리가 발을 디디고 서 있는 길의 의미를 함께 이야기하고, 글로 기록하며, 마음으로 소통하고자 기획되었다. 과거의 역사를 이야기해 주는 길, 현재의 일상을 채워 주고 있는 길, 그리고 미래를 새롭게 만들어 나가야 할 길에 대해 함께 고민하고 성찰하면서 자신만의 스토리텔링을 만들어 보자는 취지에서였다. 『포항의 길』을 읽는 전국의 독자들이 일상의 공간에서 자신들이 찾은 길에 대해 글을 쓰고, 사진을 찍고 그림을 그리고, 이웃들과 이야기를 나누기 시작한다면, 이 에세이집은 문명사적 대전환기에 새로운 길을 찾아서 기록해 나가는 21세기 '신新 대동여지도'와도 같은 책이 될 수 있을 것이다.

『포항의 길』 발간을 통해 모두 24개의 '포항의 길'이 새로운 이야기의 주인공으로 등장했다. 이름 없는 꽃과 별처럼 존재하던 길들이 이제는 저마다의 이름을 가진 꽃으로 피고 별처럼 떠올라 시민들을 새롭게 맞이하게 된 것이다. 24개의 '포항의 길'의 이름과 위치를 표시한 지도도 부록으로 제작되었다. 2021년에 새로이 명명된 '포항의 길'은 포항 시민들의 마음을 연결하는 내면적 혈관이 되어 건강한 지역 공동체를 만드는 데 기여할 것이다. 포항을 찾는 방문객들에게 '포항의 길'은 목적지와 방향을 알려 주는 이정표뿐만이 아니라, 포항의 역사와 문화, 그리고 지역민들이 만들어 온 희비애환의 이야기를 들려주는 스토리텔러의 역할도 수행할 것으로 기대한다.

『포항의 길』은 〈2021 일상의 글쓰기: 포항의 길〉 강좌에 참여한 강연자와 지역 전문가, 그리고 수강생들이 함께 만들어 낸 에세이집이다. 전문가 필진과 수강생들이 함께 공저자로 참여해서 에세이집을 출간하는 것은 〈일상의 글쓰기〉 강좌가 1회 때부터 유지해 온 전통이다. 같은 주제하에 문제의식을 공유한 전문가 필진과 수강생들이 하나의 유기체처럼 소통하고 공감하면서 멋진 컬래버레이션 무대를 글쓰기를 통해 만드는 것이다. 올해로 3회째인 〈일상의 글쓰기〉 강좌를 통해서 많은 지역 주민들이 에세이 작가로 데뷔하는 소중한 기회를 얻었다. 수강생들이 강좌에 능동적으로 참여하고 공동의 결과물을 만들어 나가는 것은 포스텍 문명시민교육원이 지향하는 중요한 교육 철학이기도 하다.

〈2021 일상의 글쓰기〉 강좌를 운영하고 그 결실인 에세이집, 『포항의 길』을 발간하기까지 고마운 분들이 많다. 마스크를 착용한 채 수업을 들어야 하는 불편함에도 열정적으로 강좌에 참석하고 에세이를 완성해

주신 수강생분들, 바쁜 일정 중에도 강의와 에세이 집필을 흔쾌히 수락해
주신 강연자분들과 전문가 필진분들, 강좌 진행과 출판 과정을 최선을 다해
수행해 준 포스텍 문명시민교육원의 연구원분들께 마음 깊이 감사를 드린다.
또한 에세이집의 출간을 진심으로 축하해 주시고 축사를 통해 시민들을
격려해 주신 이강덕 포항시장님, 에세이집이 성공적으로 간행되도록 격려와
성원을 아낌없이 베풀어 주신 송호근 문명시민교육원장님, 그리고 〈일상의
글쓰기〉 에세이집 출판을 재작년부터 올해까지 모두 세 차례나 성심껏 맡아
주신 글누림출판사의 최종숙 대표님께도 이 자리를 빌려서 감사의 인사를
드린다.

2021년 11월,
포스텍 문명시민로 文明市民路를 걸으며
포스텍 인문사회학부 교수 노승욱

지도로 보는 〈2021 포항의 길〉

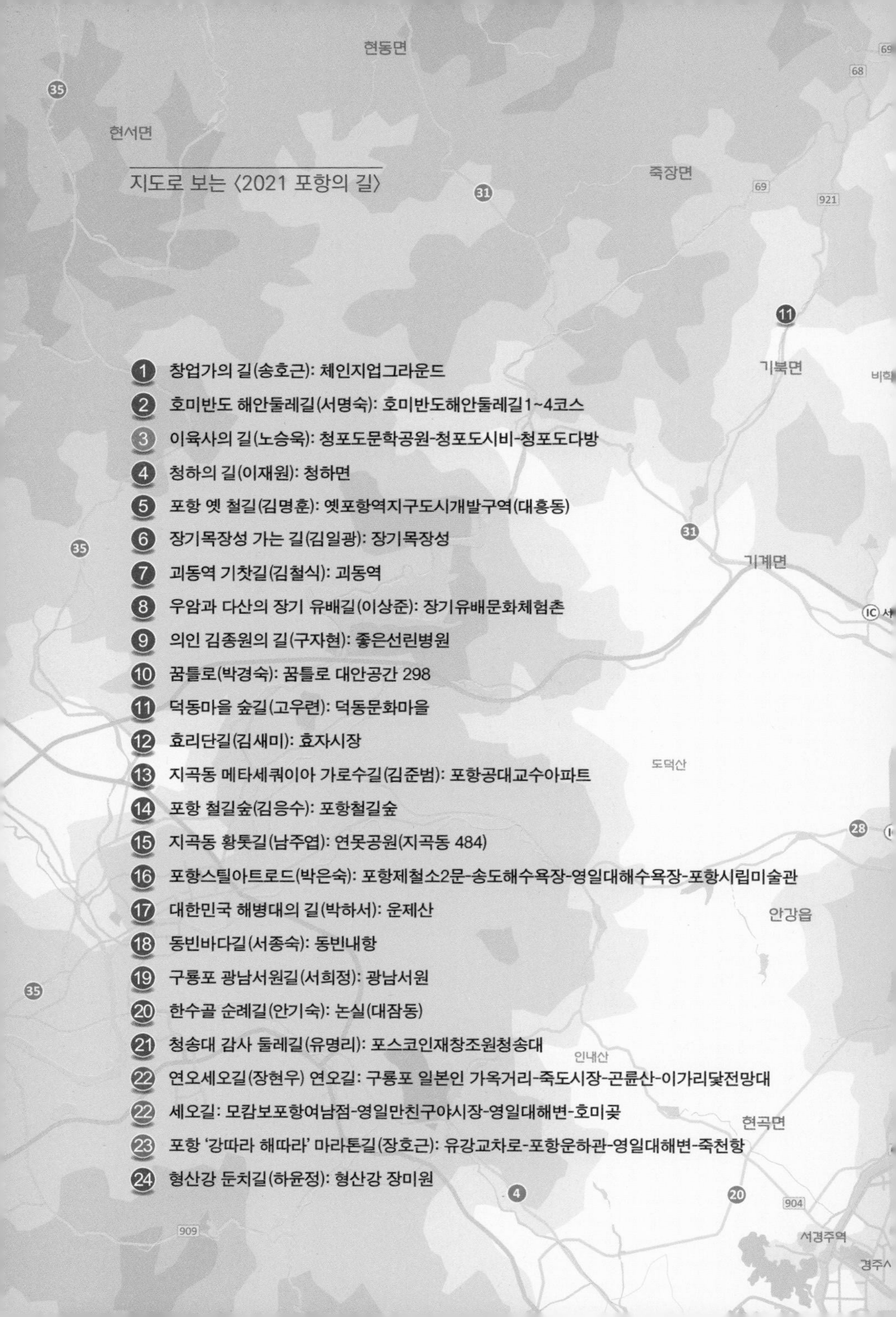

현동면

현서면

죽장면

기북면

비학

기계면

도덕산

안강읍

인내산

현곡면

서경주역

경주

909
904

인생은 그저 길인데
— 포항에 '창업가의 길'을 제안하며

송호근 | 포스텍 인문사회학부 석좌교수,
포스텍 문명시민교육원장

1.

'길'이란 단어만큼 애틋한 갈망을 담아내는 말이 있을까. "고뿔감기가 물러간 어느 날 구보 씨는 길을 나섰다"로 시작하는 소설 문장은 독자에게 궁금증을 불러일으킨다. 어디로 가는 것일까, 어떤 일이 일어날까, 누구를 만날까 등의 호기심은 감기로 앓던 몇 나절에 구보 씨가 궁리했던 심리와 겹친다. 길을 나섰다, 뭔가 작심을 했다는 뜻이다. 그러나 흔히 그러하듯 길에서는 인생을 결정짓는 단호한 일들은 잘 일어나지 않는 법이다. 길은 길끼리 이어지고, 이어진 길이 다시 새로운 길을 내서 그저 흘러가기 때문이다.

길은 낯설거나 익숙하고, 반갑거나 두려운 곳으로 우리를 안내하는 통로다. 동구 밖 길에 나가는 사람은 누굴 애타게 기다린다. 이청준의 소설 「눈길」엔 서울로 향하는 아들을 따라 나선 노모의 애환이 서려 있다. 몇 발자국 뒤에 노모가 걷고 있음을 의식한 채 주인공은 홀로 걷는다. 눈 발자국이 찍힌 길을 따라 노모가 홀로 귀가할 것임을 주인공은 이미 느낀다. 걸음걸이는 서울로 향하지만 몇 시간 후면 홀로 집으로 돌아오는 노모를 따라 마음은 거꾸로 집으로 가고 있다. 길은 그런 것이다. 앞으로 가지만 마음은 뒤로 가는, 마음을 먹고 나섰지만 왠지 나서지 말아야 할 것 같은 마음이 겹치는 통로다. 애환이 생성되는 곳이 길이다.

그것이 애환이 아니고 반가움, 기쁨, 혹은 환희라면 아예 '길이 났다'고 우리는 단언조로 말한다. 길이 났다! 서로의 접촉이 일상화됐다는 뜻, 혹은 너무 친숙해져서 작별할 수 없는 지경에 이르렀다는 뜻이다. 통로가 생겼으므로, 그 통로가 환희와 행복을 생성하고 있으므로 걸어내기는커녕 단단하게 지켜내야 할 무엇이 되었다. 그걸 위해 우리는 기쁨과 편리함의 대상을 '길들인다'고 말한다. 10년 된 내 차는 낡았지만 길이 잘 들어 편안하다. 20년 된 낡은 낫을 들고 거침없이 잡초를 잘라내는 농부는 낫과 일심동체다. 나와 대상 사이에 길이 난 것이다. '길들이다'의 영어 단어가 'domestication'인 이유가 그것이다. 그러므로 '길'이란 우리말은 한자어로 통通, 친親, 교交, 규범規範, 수단手段 등의 폭넓은 의미를 아우른다. 거창한 의미의 문명文明이 그런 뜻을 함축하고 있기에 길은 문명과 동의어라고도 할 수 있다.

그런 여러 의미의 가장 밑바닥에 놓인 길의 의미가 도道, 로路다. 예전에는 사람이나 동물이 다녔고, 근대에는 차, 전차, 기차가 달리는 길다란 통로다. 현대에는 대기권에 비행기가 길을 냈고, 끝없는 우주 공간에 우주선이 길을 낸다. 길은 폭과 넓이가 달라 같은 길이라도 다양한 어휘로 불린다. 가장 좁은 오솔길로부터 골목길, 가로수길, 찻길, 신작로, 도로 등, 영어로 lane, route, road, street, boulevard가 여기에 각각 대응한다. 오솔길에서 대로大路에 이르는 경로, 영어로는 lane에서 boulevard로 진화하는 꼬불꼬불한 길이 바로 문명이다. 길은 문명과 동의어라는 필자의 시선이 비약이 아니다. 문명 개념이 너무 넓어 논리가 약간 어긋난다고 생각한다면, 차라리 근대화modernization와 동의어라고 해도 좋다. 길은 근대화와 같은 말이다.

2.

조선에는 길이 없었다. 아예 길을 만들 생각을 하지 않았다. 조정 재정에서 길을 내는 예산항목을 발견할 수 없다. 길은 사람이나 동물이 만드는 것! 세곡税穀 운송은 주로 뱃길을 이용했다. 강원도와 충청도 세곡은 남한강, 충청남도는 금강, 호남은 영산강, 경남과 경북은 낙동강이 세곡 운반의 주요 루트였다. 목포, 군산, 강경에 세곡창이 설치됐고 조정의 지시가 떨어지면 강줄기를 따라 세운선이 운행됐다. 한양에서 부산까지 걸어서 한 달은 보통이었고, 경상도에서 과거 시험차 오는 선비들은 거의 20여 일 행랑을 차렸다. 여행자들은 길에서 호환虎患에 시달려야 했다. 1894년 가을 조선에 입국한 영국왕립학회 회원 이사벨라 비숍 여사가 조선기행을 결심했을 때 호환 얘기를 듣고 아예 뱃길로 계획을 바꿨다.

연암 박지원이 쓴 여행기 『열하일기』는 한양에서 압록강, 요동, 심양, 북경, 열하로 이어진 건륭제 생신 축하 사절단에 끼여 청淸의 문물을 관람한 기행문이다. 『열하일기』에 이런 얘기가 나온다. 심양에서 연암은 사람과 물자를 나르는 태평거太平車를 목격했는데 그 편리함과 민첩성에 감탄한 나머지 태평거 전체 모양을 상세히 도해했고 축과 높이, 바퀴의 폭과 길이를 측량해 기록했다. 귀국한 후 임금을 알현한 조정 회의에서 태평거를 소개하고 도입의 필요성을 침이 마르도록 주장했는데, 대신들의 반응은 단조로웠다. "길이 없는데 당치도 않는 말씀이외다!" 연암은 이렇게 대꾸했다. "태평거가 다니면 길이 나는 법, 길은 필요에 의해 뚫리게 돼 있습니다!" 연암의 일갈은 아무런 소용이 없었고, 태평거를 소개한 1780년대 이후에도 조선에는 길이 나지 않았다. 호랑이가 길을 점령했을 뿐이다.

오래전에 공주의 우금치를 넘은 일이 있었다. 우금치라는 명칭이 잠시 차를 세우게 만들었다. 왕복 2차선, 지금 눈으로 봐도 좁은 길이었다. 1894년, 농기구와 화승총으로 무장한 10만 동학군이 우금치를 넘었다. 길옆에 서서 그 광경을 상상해봤다. 당시 일본군은 회선포라 불린 개틀링 기관총으로 무장해 있었는데 좁은 길을 따라 일렬종대로 진군하는 농민군을 제압하기란 너무나 쉬워 보였다. 지금도 2차선 도로에 불과하니 아마 그 당시에는 오솔길lane이었을 것이다. 동학군은 길 때문에 죽었다. 길이 없어서, 길이 좁아서 죽었다. 당시 일본군의 무기 수준으로 봐서 성공할 길은 없었다. 동학 전쟁에 참여한 오지영의 회고에 의하면 당시 죽은 동학군이 30~40만 명에 이른다. "시천주조화정 영세

불망만사지侍天主造化定 永世不忘萬事知, 천주를 마음속에 모셔 일체화하면 영세불망하고 만사 이치를 터득한다." 동학군은 하늘님과 혼연일체가 되는 길을 찾아 나섰다가 길이 막혀 죽었다.

3.

　　포항에는 길이 있는가? 있다면 어떤 길인가? 이제 본격적인 질문에 진입할 차례다. 조선의 시선으로 보건대 포항은 한양에서 가장 먼 곳 중 하나였다. 임금이 싫어하는 신하를 배격하는 유배지로서 적격이었다. 한양에서 본다면, 흑산도와 제주도가 특급 유배지였고, 남해, 강진, 포항이 1급 유배지였다. 아예 죽으라고 보낸 곳은 함경도 삼수갑산. 포항장기, 해남, 삼수갑산을 두루 유배한 사람이 바로 고산 윤선도다. 유배에는 길이 났다도가 됐다고 할 수 있다. 성질이 급한 탓이었다. 고산은 성깔을 술과 시가詩歌로 달랬다. 경륜과 노숙함을 겸비했던 우암 송시열은 장기포항와 제주를 들락거리다 결국 정읍에서 사약을 받았다. 정읍만 해도 호남으로 가는 길목이었다면, 포항은 아예 길이 없었다. 왜구의 침입을 자주 받는 다른 나라, 버려진 고장이었다. 이양선이 나타났다거나 고래가 출몰했다는 것 외에 이렇다 할 기록도 별로 없다. 예전 같으면 대구에서 시외버스로 서너 시간, 송림과 모래톱, 그리고 작은 촌락들로 이뤄진 낯선 마을이었을 뿐이다.
　　1968년, 해안가 매립지에 포항제철이 들어서면서 포항의 정치경

제학적 위상이 사뭇 달라졌음은 누구나 아는 바이지만, '길'과 관련해서는 조선 시대와 다를 바가 없다는 것이 필자의 관찰이다. 50만 시민, 사통팔달로 뚫린 도로망, 부울경포 산업지대로 각광받는 도시를 이렇게 폄하해도 되냐고 항의하고 싶을 것이다. 폄하할 의도는 없다. 다만, '길' 의식에 관한 한 50만 시민, 시청, 지식인 과학자들, 포항 곳곳에 활약하는 교양 시민들도 그리 변하지 않았음을 말하고 싶다.

현대 문명에서 가장 중요한 길道은 기차와 고속도로다. 고속도로는 대이동을 거쳐 고속도로 터미널과 포항제철 해안가로 이어진다. 터미널에도, 포항제철 해안가에도 '포항의 길'을 안내하는 책자는 물론 관광안내소도 눈에 띄지 않는다. 초면의 낯선 객이 터미널에 내렸다고 치면 어디로 가야할지 어리둥절하다. 도로명만 있을 뿐, 포항의 전통, 관습, 삶의 현장, 명물과 명소로 안내하는 정보가 없다. 알아서 둘러보라는 식이다. '포항의 길'이 없어서 그렇다. 구룡반도를 두루 도는 둘레길은 있지만, 여름 땡볕에 인내심을 갖고 걸어보라는 냉정한 태도다. 해파랑길은 동해안을 남북으로 잇는 길이니 '포항의 길'이 아니다. '포항의 길'이란 포항 주민의 애환이 서린 곳, 포항 시민의 삶을 엿보는 곳, 포항 전통의 맛을 느끼는 곳이다. 제주 올레와는 다른 매혹이 있어야한다. 제주 올레는 두루 한 바퀴 도는 것만으로 제주의 모든 문물과 오랜 고립감을 감지할 수 있게 한다. 고립과 고독, 그것이 제주 올레의 깊은 정서다. 제주 화가 변시지의 그림이 바로 제주 올레다. 바람과 노인과 말이 올레에 깃들어 있다면, '포항의 길'은 무엇이어야 할까?

포항역에서 내려다본 포항의 첫 풍경

    KTX 포항역에 내리면 포항 시내가 보이지 않는다. 허허벌판, 아무런 감동도 주지 않는 황량한 벌판에 내린 길손의 첫인상은 어떤 것일까? KTX 역사도 '포항의 길'을 안내하지 않는다. 길이 없다. 길의 소중함을 의식하지 않은 탓이다. 도로는 사통팔달 뚫렸지만 낯선 길손을 포항의 문명사로 안내할 길은 아직 설계도 되지 않았다. 포항의 애틋한 스토리가 없어서일까? 포항의 문명사가 빈약해서일까? 누구도 신경 쓰지 않아서 그렇다. 세계적인 명문 대학이 자리잡고 있지만 그들은 높은 성곽 속에 들어앉아 포항의 길을 생각하지 않았다. 최고 과학자들의 길은 포항을 건너뛰고 세계 시장과 접속할 뿐이었다.

필자는 포항을 다른 도시와 차별성을 갖는 한국 특유의 도시로 발전시킬 구상을 아직 목격하지 못했다. 해안 도시 포항은 요트, 서핑 같은 해양 스포츠의 메카가 될 수도 있고, 전국 최고의 고령자 요양소로 명성을 날릴 요건을 충분히 갖췄다. 그렇다면 KTX 역사에 '해양 스포츠의 길', '실버 요양의 길' 지도가 이미 비치돼야 한다. '철의 길'은 어떤가? KTX 포항역에서 도보로 제철소 앞마당에 도달하는 길이 만들어져야 한다. 자전거 길이라도 좋다. 길 도중에 철 문명과 연관된 스토리보드가 설치되면 금상첨화다. "포항은 당신의 현대 문명을 받치고 있습니다!"라는 문구를 넣으면 좋을 것이다. '해안 길' '장마당 길' '유배 길' 등등 얼마든지 '포항의 길'을 구상할 수 있다.

4.

'철길숲'이 연장되고 있다. 필자는 효자시장에서 구 포항서초교를 거쳐 박태준학술정보관, 박태준학술정보관과 포스텍 순환 도로를 잇는 계단, 그리고 얼마 전 개관한 포항 체인지업그라운드에 이르는 길을 새로 꾸미자고 제안했다. 명칭은 소위 '창업가의 길'. 어느 날 밤, 늦게 연구실을 나와 효자시장 쪽으로 향하다가 어두운 길을 따라 기숙사로 돌아가는 학생들 무리를 목격했다. 가로등이 곳곳에 서 있었지만 젊은 그들의 가슴을 환하게 비춰주지는 못했다. 꿈과 희망을 비춰주는 길, 미

포항 철길숲에서 효자시장으로 이어지는 길에 '창업가의 길' 푯말이 세워졌다.

박태준학술정보관으로 내려가는 길.
청춘의 꿈과 희망을 비춰주는 길이 되길 소망한다.

래와 상상력의 촛불을 켜는 길이어야 했다. 창업의 꿈에 창의적 고뇌의 포도鋪道를 하나씩 깔아가는 길이어야 했다. 포항에는 창업가의 길이 있고, 좌절한 청춘을 되살리려 젊은이들이 모여드는 길이 있다. 마치 50년 전 포항제철이 세계인이 우려하던 초라한 벤처 기업이었던 것처럼 말이다.

십여 년 후, 작은 성공을 성취한 청년 과학도들이 그곳을 다시 찾아와 새로운 길을 탐색하는 동력과 의욕을 지핀다면 더할 나위 없이 좋겠다. 벤처는 소기업에서 출발해 중기업과 대기업으로 이어지는 장도長途의 시작일 뿐이다. 길은 길로 이어지고, 그 길은 새로운 길을 내고, 다시 미지의 길을 낸다. 쉼 없이 걸어가야 하는, 걷기를 요구하는 길의 본질이자 운명이다. 그 길다란 궤적이 인생일 거다. 인생은 그저 내딛는 발걸음의 누적, 그 누적의 시간이 만든 만남과 트임의 스토리일 터, 길이다.

제1부

포항에서 길을 찾다

산티아고길, 제주올레길,
그리고 포항의 길

서명숙 | 제주올레 이사장

 참 알다가도 모를 게 인간사다. 몸을 움직이는 일이라면 노동이든 운동이든 죽어라고 싫어했던 나였다. 유일하게 좋아하는 일은 골방에 틀어박혀서 온종일 만화에서부터 명작에 이르기까지 활자로 쓰이거나 그림으로 그려진 책을 게걸스럽게 읽어치우는 것이었다. 그래서 여섯 살 위 언니로부터 지청구도 많이 들었다. 간세다리^{게으}름뱅이를 뜻하는 제주어도 저런 간세다리가 없을 거라고. 초, 중, 고교 체육 시간 때면 어떤 핑계를 대서라도 되도록 빠지려고 노력했다. 그걸 눈치챈 담임 선생님께서 내게 "그래, 명숙아. 오늘은 어디 아플 예정인데?"라고 놀리신 적도 있었다. 오죽 갖가지 핑계를 댔으면 그랬으랴.

 대학에 진학하면서 고향 제주에서 대도시 서울로 올라온 뒤로는 더더욱 운동과 멀어졌다. 대학 1학년 교양체육을 끝으로 체육 시간도 없어졌고, 버스와 지하철 택시 같은 탈 거리가 지천에 널려 있었기에 걷기마저 할 일이 거의 없어졌다. 그때그때 주머니 사정과 상황에 따라서 바퀴 달린 빠른 교통수단으로 이동하는 도시의 삶에 나날이 익숙해졌다. 20대 후반에 월간지 기자를 거쳐서 30대 초반에 시사주간지 기자가 되면서 바쁜 삶은 내 일상으로 자리잡았다. 걸어서 어딘가로 이동하거나 운동을 하는 일은 내게 지극히 어리석은, 딴 나라 일이 되었음은 물론이다.

그러던 중, 사십대 중반 어느 날부터 몸이 여기저기 아프기 시작했다. 함경북도 무산 출신 아버지와 제주도 성읍리 출신 어머니 사이에서 태어난 우리 4남매는 북쪽 무인 DNA와 남쪽 해녀 집안 DNA를 타고 나서 모두들 잔병치레 한번 없이 자라났다. 게다가 어린 시절 읍에서 가장 큰 재래시장에서 식료품 도소매가게를 운영하신 부모님 덕분에 그 시절 또래 아이들에 비해 이것저것 맛나고 몸에 좋은 음식을 많이 섭취했던 터라, 체력이 좋기로는 타의 추종을 불허했던 터였다. 몸과 머리를 동시에 다 가동해야 하고, 주말 휴일 가리지 않고 일만 생기면 튀어나가야 했던 '극한직업' 정치부 기자 일을 무리 없이 수행해내고 기자의 꽃이라는 편집장까지 오른 데에는 체력이 단단히 한몫했음은 물론이다.

'산티아고 순례길'에서 영감을 받아 '제주 올레길'을 만들어 냈던 필자가 이제는 '포항의 길'에 관심이 생기기 시작했다.

걷기 중독에 빠져든 나,
급기야 사표를 쓰고 길을 떠나다

헌데 그런 내가 아프다니? 아파도 이렇게 지독하게 아프다니? 새벽에 일어나서 회사 갈 시간을 기다리던 내가 눈이 떠지지 않아서 몸부림치고, 점심 이후에는 머리통에 바늘을 수십 개 꽂은 듯 편두통에 시달리고, 야근을 마치고 집에 돌아와서도 잠을 들지 못해 설치기 일쑤고, 새벽녘에 잠깐 풋잠이 들었다가도 악몽에 시달리면서 깨어나곤 했다.

그러다 보니 일에도 제대로 집중하기 힘들었고, 매사에 짜증이 늘어났고, 이러다간 후배들의 원고를 읽던 중에 책상에 머리를 들이박고 돌연 사하게 되는 건 아닐까 공포심마저 들었다.

견디다, 견디다 못해 급기야 종합병원을 제 발로 찾아가기에 이르렀다. 병원에서는 MRI 검사를 비롯해서 머리부터 발끝까지 모든 부위, 모든 검사를 다 한 뒤에 일주일 후 결과를 보러 오라고 했다. 그 일주일 간 온갖 상념이 내 머리를 스치고 지나갔다. 무슨 병이든 당장 며칠 뒤에 죽는 말기암만 아니면 다 받아들일 마음의 준비를 하고선 일주일 뒤 병원을 찾았다. 평소 알고 지내던 담당 전문의는 검진 결과 차트를 보더니 환하게 미소를 지었다. "아, 나이에 비해 비교적 건강하시네요. 콜레스테롤 수치가 살짝 높긴 한데 걱정할 정도는 아니고요. 안심하고 돌아가서 일하셔도 되겠네요."

아니 이럴 수가? 이토록 아픈데, 나처럼 바쁜 직업인이 일부러 시간을 내서 종합검진을 하러 올 만큼 아픈데, 아무 문제도 없고 아무 병도 걸리지 않았다니, 이게 말이 되냐구? 나도 모르게 외마디 소리를 내질렀다. "아니 그럴 리가 있나요. 선생님이 뭔가 잘못 보신 거겠죠. 아니면 검사 기계가 문제가 있거나."

의사 선생님은 황당한 표정이었다. 그러더니 고개를 끄덕이면서 아직은 문제가 드러나지 않았으니 처방은 내릴 수 없지만, 건강을 지키기 위한 예방적 처방을 내려주겠단다. 그의 처방인즉슨, 첫째 스트레스를 받지 말 것, 둘째 과로를 하지 말 것, 셋째 어떤 운동이라도 좋으니 유산소 운동 한 가지를 택해서 일주일에 한 시간씩 최소한 4~5일은 할 것이었다. 첫째 둘째를 들을 때까지는 속으로 피식거렸다. 너무 뻔한 이야기인데다 전쟁터처럼 한 주일이 돌아가는 시사주간지 편집장으로서는 도무지 실천할 수 없는 처방이었기에. 한데, 세 번째 처방을 들으니 솔깃했다. 유산소 운동? 그거 한번 해볼까? 싶었다.

그때부터 회사 근처 광화문 주변의 운동학원을 섭렵하기 시작했다. 헬스장, 에어로빅 교습소, 요가학원, 단학선원, 재즈발레 연습장, 태극권 도장, 수영장…. 허나 그 모든 운동학원은 끽해야 닷새, 심지어는 하루 만에 끝나고 말았다. 지루하거나, 적응을 못 하거나, 시간을 제대로 지킬 수 없었거나, 지도 선생에게 혼이 나서 화가 나거나. 이유는 제각기 달랐지만, 시간과 돈만 날린 건 공통적이었다.

학원에 다니지 않고, 파트너가 필요 없고, 시간과 공간의 구애를 받지 않는 유산소 운동을 생각해보니 딱 세 가지가 나왔다. 등산, 달리기, 걷기였다. 헌데 등산은 너무 숨차서 하기 힘든데다 시간과 거리의 제약이 있고, 달리기는 어릴 적부터 맨날 꼴찌를 할 만큼 부적응 분야였기에, 자연스레 내 최후의 선택지는 '걷기'로 귀결이 되었다. 그때부터였다. 걷기와의 전쟁과 사랑이 시작된 것은.

이번 운동은 내 건강을 수렁에서 건져낼 최후의 보루이자 마지막 선택지였기에 나름대로 치밀하게 준비했다. 우선 교보문고에 들러서 걷기에 대한 동서양 저자들의 책 중에 목차를 훑어보고 흥미로운 책을 예닐곱 권 사들였다. 걷기가 싫증나면 이런 책을 다시 펼쳐보면서 마음을 다시 가다듬을 요량이었다. 그중에는 프랑스 철학자 쌍소의 『산책 예찬』도, 프랑스 언론인 출신 걷기 대마왕인 베르나르 올리비에의 『나는 걷는다』1·2·3권도, 미국의 심리학자가 쓴 『긍정적 중독』이라는 책도 있었다..

처음 걷기에 입문한 날, 둘째 아들이 다니는 초등학교 운동장 트랙을 돌았다. 내 딴에는 최대한 최선을 다해서 죽을 둥 살 둥 걸었는데, 끝내보니 에계계! 겨우 15분이었다참고로 그로부터 17년여가 흐른 지금은 15시간도 마음먹으면, 여건만 되면 걸을 수 있다.. 시작은 그렇게 소소했다. 허나, 걷기에는 희한한 매력이 있었다. 걸으면 걸을수록 더 걷고 싶어졌고, 더 빠져들었다. 살아남기 위해 고육지책으로 선택한 걷기가 점점 살아가는 희망으로 변해갔다. 걷는 시간이야말로 오롯이 내게 집중할 수 있고, 수많은 잡념과 번민, 무수한 걱정으로부터 놓여날 수 있는 시간이었다. 나는 갈수록 걷기에 빠져들었고, 마침내 걷기 중독자가 되기에 이르렀다. '긍정적 중독'이라는 책의 내용이 비로소 실감이 났다.

긍정적 중독의 마지막 단계는 더 세게 하고 싶어진다는 증세라는데, 내가 딱 그러했다. 그럴 즈음 운명처럼 내 손 안에 산티아고길 800킬로미터를 걸은 한 브라질 교포 여성의 비매품 책이 들어왔다. 한두 시간만 동네를 산책해도, 하루 이틀만 휴가 내서 섬을 걸어도 이렇게 행복한데, 한 달 넘게 걷는 길이라니. 게다가 주변 사람들이 걷는 여행자들을 보면 응원해주고, 마음 가는 대로 형편대로 헌금하면 잘 수 있는 저렴한 '알베르게'가 곳곳마다 있는 길이라니. 그곳에 가고 싶어서 몸살이 날 지경이었다. 허나 그 길로 떠나기까지는 또 3년이라는 세월이 걸렸다.

고향 제주로 31년 만에 귀향해서 도보여행자가 평화롭게 걸을 수 있는 길을, 제주의 숨은 비경과 아픈 역사와 독특한 문화를 보여줌으로써 그 속살을 들여다볼 수 있는 길을 내기 시작했다. 제주올레길 425킬로미터를 다 내는 데 걸린 시간은 5년 4개월여였다.

　　2006년 9월 10일, 그토록 꿈꾸던 산티아고길 프랑스 구간 시작점인 프랑스 마을 생장 피드포르에 도착했다. 기차에서 그 이름이 들리는 순간 가슴이 쿵쾅거렸던 기억은 지금도 선연하다. 다음날부터 걷기 시작해서 종점인 산티아고 데 콤포스텔라 성당에 도착한 것은 36일 만인 10월 15일. 그동안 나는 참으로 많은 일을 겪었고, 많은 여행자를 만났고, 숱한 변덕스러운 날씨를 만났다. 그리고 30년에 걸친 대도시 서울에서의 타향살이의 서러움, 23년 동안 전쟁처럼 치렀던 기자 생활의 희로애락과 아쉬움을 그 길 위에서 다 씻어내고 내려놓았다.

그럴 즈음이었다. 내 인생을 바꿔놓은 영국 여자 헤니를 만난 것은. 길을 걸은 지 33일째 되는 날 아침에 만나 멜리데라는 마을에서 점심을 먹고 헤어진 그녀와 나는 모든 점에서 참으로 통했다. 직장에서 산전수전을 겪은 중년여성으로서 다른 삶을 찾고자 길을 떠났다는 공통점도 그렇거니와, 길을 걷는 동안에 진정한 비움과 채움을 경험했다는 점도 비슷했다. 게다가 길에 대한 우리의 결론은 신기하게도 정확하게 일치했다. 길은 몸과 마음에 쌓인 쓸데없는 지방은 다 제거하고, 필요한 근육은 붙게 만드는 행복한 종합병원이라는 게 우리의 결론이었다. 한 발 한 발, 하루하루 걷다 보면 의사도, 약도, 간호사가 없이도 자신의 두 발로 절로 몸과 마음을 다 치유할 수 있는 것이었다.

헤니는 말했다. 그런 종합병원이 왜 이곳 스페인 산티아고길에만 있어야 하느냐고. 몸과 마음이 아픈 현대인을 위해서라면 그 모든 나라, 지방, 커뮤니티에 다 있어야 하는 게 아니냐고.

그녀는 덧붙였다. 한국이야말로 그런 길이 시급하게 필요한 나라라고. 국제회의를 위해 두 번이나 방문한 한국은 너무나도 피로한 사회, 지나치게 경쟁적인 사회, 좁은 수도권에 인구의 절반이 모여 사는, 대도시 서울은 인간을 위로해 주는 초록이 너무도 모자란 도시였다고.

그녀의 말을 듣는 순간 내 머릿속엔 엄청난 지진이 일어났다. 그렇지 않아도 산타아고길을 걸으면서 후반전에 접어들며 고향 제주의 아름다운 오름, 곶자왈, 바다를 내내 그리워했던 터였다. 왜 그 아름다운 보물섬에는 길이 없을까, 왜 고향에 내려갈 때마다 자동차를 위한 넓은 도로만 속속 생겨났던 걸까. 아쉬워하고 안타까워하던 터였다. 내가 해야 할 일이 그 순간에 그 자리에서 결정났다. "그래, 고향 제주로 내려가서 나만의 길을 내자."

포스텍 문명시민교육원에서 열린 〈2021 일상의 글쓰기: 포항의 길〉 강연에 앞서 호미반도 해안둘레길을 걸으며 포항 영일만 바다의 늦은 오후 풍경에 잠시 빠져들었다.

나는 꿈꾼다, 포항 올레를 다 걷는 그 날을

그 이듬해 고향 제주로 31년 만에 귀향해서 처음에는 동생과, 시간이 흐르면서는 여러 후배, 자원봉사자들과 함께 '도보여행자가 평화롭게 걸을 수 있는' 길을, 제주의 숨은 비경과 아픈 역사와 독특한 문화를 보여줌으로써 그 속살을 들여다볼 수 있는 길을 내기 시작했다. 끊어진 길은 잇고, 찾는 사람이 없어서 사라진 길은 가시덤불을 걷어내어 다시 살려내고, 그래도 없는 길은 순전히 사람의 힘만으로 다시 내어가면서. 제주올레길 425킬로미터를 다 내는 데 걸린 시간은 5년 4개월여였다.

그 길을 다 낸 나는 또 다른 작은 꿈을 꾼다. 지난 6월 중순 포스텍 인문학 특강에 초대를 받아서 나는 포항을 방문했다. 그곳에도 길이 있다는 건 알고 있었기에, 초청 측인 노승욱 교수님께 특강 전에 그 길을 잠깐이라도 걸어보고 싶다고 했다. 포항은 어린 시절부터 내게는 '철의 도시', '산업도시'의 이미지가 너무나도 강한 나머지 그 일대에 조성되었다는 호미반도 해안둘레길이 도무지 상상이 안 되었기에.

아, 그건 내 완전한 착각이자 엄청난 오해였다. 시간이 없어서 포항공대에서 호미곶까지는 일단 차량으로 이동했는데, 차 안에서 바라보는 풍광은 너무나도 서정적이라서 멀리 보이는 포항제철소마저도 마치 거대한 설치 미술 같았다. 호미곶은 육지에서 살 때 두어 번 갔던 곳인데도 그곳에서부터 걸어서 가는 바닷가 마을 풍경은 전혀 다른 느낌이었다. 게다가 그 길 초입에 있는 이육사의 「청포도」 시비는 나를 놀라게 만들었다. 「청포도」라는 명시가 휴양차 방문했던 이곳, 포항을 배경으로 쓰여졌다는 사실을 처음 알았다.

그렇다. 길은 개인의 육체적·정신적 건강을 도모하는 행복한 종합병원일 뿐만 아니라, 길이 놓인 그 지역의 지질, 역사, 문화, 풍습, 그 모든 것들을 낱낱이 보여주는 최고의 여행 콘텐츠이기도 하다.

그 인문학 특강을 다녀온 이후, 호미반도 해안둘레길^{해파랑길 구간} ^{도 포함된} 4코스를 살짝 맛만 보고 온 뒤로, 나는 또 다른 꿈을 꾸고 있다. 내년 이삼 월 즈음에 포항에 가서 보름살이든, 한달살이든 하면서, 그 길들을 다 걸어볼 꿈. 그리고 죽도시장에서 그 풍성하고도 싱싱한 해산물들을 다 맛볼 꿈을. 벌써부터 가슴이 설레고 입안에 침이 고인다.

포항의 해안둘레길을 걸으면서 '해파랑길'이라고 적혀 있는 표식을 발견했다. 제주 올레길에는 수많은 올레지기들이 길을 안내하는 표식을 수시로 점검하고 있다.

이육사의 길
— '청포도'가 이끄는 노블레스 오블리주의 삶

노승욱 | 포스텍 인문사회학부 교수

「청포도」 시의 '내 고장'은 어디일까?

포항으로 이주해 살면서 자연스럽게 알게 된 포항의 역사적 인물 중 가장 반가웠던 이름은 이육사^{李陸史, 1904~1944}였다. 아마도 필자가 한국 현대문학 전공자였기 때문에 직업적 연관성에 의해 그러한 반가움이 들었으리라고 생각한다. 경북 안동 출신인 이육사의 이름이 포항에서 널리 알려진 것은 전 국민의 애송시인 「청포도」 때문이다. 그렇다면 이육사의 「청포도」와 포항은 어떤 관계가 있는 것일까?

이육사는 포항의 문화운동가였던 김대정과 교류하면서 포항시 동해면에 위치해 있던 〈미쯔와三輪 포도원〉[1]을 방문했고, '청포도'에 대

---

1   〈미쯔와(三輪) 포도원〉은 1934년 당시 농장 면적이 200정보(1정보는 3,000평)이고, 연간 연인원 32,000명에 달하는 한국인 인부가 일했던 동양 제일의 포도원으로 외국에까지 그 이름이 알려졌다고 한다. 浦項市史編纂委員會, 『浦項市史』(1권), 포항삼양문화사, 2010, 585면.

한 문학적 모티브를 얻었다고 한다. 김대정이 이육사와 주고 받은 「청포도」 시 관련 이야기를 포항의 대표적 수필가인 한흑구에게 전하면서 「청포도」 시의 고향이 포항의 〈미쯔와 포도원〉과 영일만이라는 것이 세상에 알려지게 됐다.[2] 이육사문학관의 공식 홈페이지에서 제공하고 있는 연보를 보더라도, 이육사는 1936년 7월, 포항 소재의 〈동해송도원〉에서 휴양했다고 기록되어 있다. 당시 포도원의 둔덕에서는 흰 돛을 단 배들이 영일만을 오가는 모습이 보였다고 한다.[3] 이쯤 되면, 「청포도」 시에 나오는, 청포도가 익어가는 7월의 "내 고장"은 포항이라고 말해도 좋을 듯하다.

　그런데 이육사의 「청포도」와 포항과의 관계에 대해서는 다른 견해들도 있다. 이육사 시인의 유일한 혈육인 이옥비 여사는 언론 인터뷰에서 「청포도」에 등장하는 "내 고장"이 선친의 고향인 안동의 '원촌遠村, 원천리의 옛 이름'이라고 말했다. 예전에 원촌에는 머루가 많았다는 것이다.[4] 또한 역사학자 도진순은 이육사 시의 청포도를 품종으로서의 '청'포도가 아니라 익기 전의 '풋'포도로 해석해야 시가 제대로 독해된다고

2　浦項市史編纂委員會, 『浦項市史』(3권), 포항삼양문화사, 2010, 76면.

3　광복 이후 〈삼륜 포도원〉을 관리했다는 손호용 옹(87세, 포항시 동해면 도구1리)은 "포도밭을 관리할 무렵 이육사 선생이 이미 수차례 포도원을 다녀갔다는 것을 주위로부터 전해 들었다."면서 "당시만 해도 포도원 둔덕을 오르면 흰 돛을 단 배들이 영일만을 오가는 모습이 훤히 내려다보였다."고 말했다. 김상화, 「[문학이 머문 풍경] 영일만의 이육사」, 『서울신문』, 2004. 10. 7.

4　이상헌, 「[인터뷰通] 민족시인·독립운동가 이육사 유일한 혈육 이옥비 여사」, 『每日新聞』, 2013. 7. 13.

주장했다. 그에 의하면 품종으로서의 청포도는 당시 〈미쯔와 포도원〉에서 와인용으로 재배되긴 했지만, 시에 등장하는 바와 같이 손님을 위한 식용으로는 거의 재배되지 않았다는 것이다.[5]

　「청포도」 시의 문학적인 연원에 대해 생각하면서, 또 하나 주목하게 되는 것은 이 시가 쓰여진 시점과 장소이다. 이육사는 1939년 8월, 『문장文章』지에 「청포도」를 발표했는데, 그해는 그의 가족이 서울시 종암동 62번지로 이사했던 해였다. 서울시 성북구에서는 2019년 12월, 이육사 시인이 1939년부터 살았던 종암동에 복합문화공간인 〈문화공간 이육사〉를 조성하고 1층을 '청포도 라운지'로 명명했다.[6] 그런데 같은 해라고 하더라도, 이육사의 가족이 이사한 후에 「청포도」 시가 발표된 것인지, 아니면 그 이전에 이미 발표됐던 것인지는 생각해 볼 필요가 있다.[7]

　「청포도」 시의 지역적 관련성에 대해 여러 논의들이 있지만, 필자는 「청포도」가 포항과 안동, 서울 등이 모두 공유할 수 있는 전 국민

5　도진순, 「육사의 「청포도」 재해석―'청포도'와 '청포(青袍)', 그리고 윤세주」, 『역사비평』 114호, 2016.2, 456면.

6　서울시 성북구는 이육사 시인의 문학적·역사적 의미를 기념하기 위해 2019년 12월 17일, 종암동 65-13번지(도로명 주소: 종암로 21가길 36-1)에 〈문화공간 이육사〉를 개관했다.

7　이육사가 서울시 종암동 62번지로 이사한 후에 「청포도」 시를 썼다는 견해가 있지만, 여러 연구자들이 작성한 연보를 보면 이육사는 1939년 가을에 종암동으로 이사한 것으로 기록되어 있다. 그렇게 되면 이육사는 「청포도」 시를 8월에 발표하고 난 후에 종암동으로 이사를 한 것이 된다. 김용직·손병희 편, 『이육사 전집』, 깊은샘, 2020, 409면; 김학동, 『이육사評傳』, 새문사, 2012, 279면; 김용성, 『한국현대문학사탐방』, 국학자료원, 2011, 409면.

의 문화콘텐츠라고 생각한다. 「청포도」에 나오는 "내 고장"을 이 시와 관계있는 지역들이 공유한다고 해도 '청포도'가 갖고 있는 문학적 상징성은 결코 작아지지 않을 것이다. 오히려 조국을 위해 자신을 희생했던 이육사 선생의 노블레스 오블리주의 삶과 문학 정신이 더욱 부각될 수 있으리라고 생각한다.

최근 농촌진흥청에서 스마트폰으로 포도알 수를 쉽게 확인할 수 있는 '포도알 자동 계수 앱'을 개발했다고 하는데, 거봉처럼 알 크기가 큰 포도 품종은 1송이당 포도알 수를 37~50개 정도가 되도록 조절하는 것이 좋다고 한다.[8] 포도는 여러 사람이 함께 나눠 먹기 좋은 과일이다. 이육사 시인이 심고, 가꾸고, 재배한 '청포도 나무'는 50개의 포도알보다 더 많은 '264'개의 포도알이 달린, 민족의 마음속에 자라는 영원히 푸르른 유실수와도 같다. 학문적으로 이견이 있을 수 있고, 지역 간에 경쟁이 있을 수도 있지만, 우리의 마음속에 넉넉하게 결실하는 '264'개의 청포도 알맹이를 흐뭇하게 바라보면서 포항에서 걷는 이육사의 길에 대해서 이야기해 보고자 한다.

---

8   박성준, 「포도 한 송이에 몇 알일까… 스마트폰으로 '포도알 수' 쉽게 센다」, 『아주경제』, 2021. 7. 8.

'이육사의 길'의 시작점, 〈청포도 문학공원〉

포항시 일월동에 위치한 〈청포도 문학공원〉은 '이육사의 길'의 여정이 시작되는 곳이다. 필자는 〈청포도 문학공원〉이 있다는 것을 알고는 있었지만, 실제 방문한 것은 이번이 처음이었다. 필자를 맞이해 준 것은 아치형 구조물을 장식하고 있는 푸른빛의 청포도 열매였다. 아직은 알맹이가 익지 않은 청포도 열매를 보면서, 이 청포도의 품종이 무엇일까 생각해 보았다. 예전에 우리나라의 청포도는 미국 품종인 '세네카Seneca'가 많다고 들었다. 육사 선생이 포항의 〈미쯔와 포도원〉에서 보았던 청포도 품종도 세네카였을까? 요새 경북 일대의 포도 산지가 수익성이 좋은 일본 품종 청포도인 '샤인머스캣Shine Muscat' 재배지로 바뀌고 있다는데 격세지감을 느끼지 않을 수 없다.

'이육사의 길'의 출발점에 자리한 〈청포도 문학공원〉에서 육사 선생의 노블레스 오블리주의 삶과 그의 문학 세계에 대한 해설이 제공되면 좋겠다는 생각을 했다. 지붕이 있는 작은 부스를 마련하고 손으로 터치하면 화면에서 여러 정보가 제공되는 디지털 기기를 설치해 놓는 것도 좋은 방법이다. 아날로그적인 방법이더라도, 「청포도」 시에 대한 해설이나 배경지식 등이 적힌 안내판을 설치할 필요는 있어 보인다. 〈청포도 문학공원〉을 인포메이션 스토리텔링을 활용한 테마파크로 잘 활용한다면, 훨씬 많은 사람들이 이곳을 방문하게 될 것이라고 기대한다.

〈청포도 문학공원〉을 장식하고 있는 아름드리 청포도 열매들. 사진을 찍었을 때가 6월 중순
이라서 포도 열매가 덜 여물었지만, 밝고 푸른 빛깔이 선명하게 드러나고 있다.

　　이육사와 「청포도」에 대한 정보가 담긴 브로슈어를 공원에 비치
하는 것도 홍보의 한 방법이다. 인터넷에서 '이육사 청포도 문화 축제'
에 대한 기사를 본 적이 있었는데, 축제 내용을 브로슈어에 소개하면
좋을 것이다. 또한 '이육사의 길' 지도를 표시하고 주변의 볼거리와 먹
거리에 대한 정보를 함께 제공하면 지역 경제 활성화에도 도움을 줄 수
있을 것이다. 브로슈어는 부스 안의 청포도 모양 통에 보관하고 주기적
으로 점검을 해 주어야 시민들이 필요할 때 문화 해설사 역할을 할 수

있다. 지역 주민들이 '청포도 공원 지킴이'로 자원봉사에 참여하는 것도 생각해 볼 만하다. 민관이 유기적으로 협력할 때 〈청포도 문학공원〉이 지역의 명소로 거듭날 수 있는 좋은 방안들이 제시될 수 있을 것이다.

'청포 입은 손님'을 기다리는 곳, 〈청포도 시비〉

〈2021 일상의 글쓰기: 포항의 길〉 강좌의 첫 강연을 해 주시기 위해 제주 올레길을 직접 만드셨던 서명숙 이사장님께서 포항을 방문해 주셨다. 서 이사장님께서는 저녁 강연이 있기 전에 포항의 둘레길을 잠깐 걸어볼 수 있겠느냐고 말씀하셨다. 둘레길 중 어느 한 코스를 완주하기에는 시간이 촉박했기에, 자동차로 호미반도의 해안 지형을 대략 둘러보았다. 그리고 〈호미곶 해맞이광장〉에서 시작해서 '호미반도 해안둘레길'을 걷기 시작했다. 포항의 해변 길을 걸으면서 서 이사장님은 연거푸 탄성을 지르셨다. 포항의 자연 풍광이 너무나 조화롭게 아름답다는 것이었다. 제주 올레길을 만드신 서 이사장님께서 호평을 쏟아 내시니 조금은 얼떨떨하기까지 했다.

그러고 보니, 호미반도 해안둘레길에서 바라보는 주변의 풍경에는 바다도 있고, 산도 있고, 어촌도 있고, 심지어 포스코의 제철소까지 있었다. 그 모든 것들이 어우러져서 포항의 땅과 바다와 하늘을 이루고 있었다. 그러한 생각을 하던 중에 〈이육사 청포도 시비詩碑〉를 만났다. 서명숙 이사장님은 해안둘레길에 이육사의 시비가 있는 것을 신기하게 생각하셨다. 필자는 서 이사장님께 이육사의 「청포도」 시가 포항과 관련된 역사적 배경을 설명드렸다.

〈청포도 시비〉는 '호미반도 해안둘레길 4코스'를 걷다 보면 찾을 수 있는데, 길 안쪽으로 움푹 들어간 아담한 공간에 세워져 있었다. 최근에 포항 출신 아동문학가인 김일광 작가님과 대화를 나누면서 〈청포도 시비〉에 대해서 새롭게 알게 된 사실이 있다. 김일광 작가님께서는 시비의 설립 초기에는 상단 부분에 포도알 모양의 조형물이 있었는데, 현재는 거의 소실되었다고 말씀해 주셨다. 또한 〈청포도 시비〉가 포항에 많은 유적이 있는 고인돌의 형상을 본떠서 만든 것이라고 알려 주셨다. 포항에는 청동기 시대의 유적인 고인돌이 432기나 분포하고 있다고 하는데,[9] 「청포도」 시는 이래저래 포항과 많은 연관성을 갖고 있다는 생각이 들었다.

필자는 〈청포도 시비〉 주변의 공간 활용에 대해 의미 있는 제안을 하고 싶다. 시비 옆쪽으로 테이블에 앉아 있는 이육사 시인의 동상을 만들고, 테이블 위에는 청포도와 하얀 모시 수건이 담긴 은빛 쟁반 조각물을 설치한다. 그리고 시비 맞은편 바다 쪽으로 「청포도」 시에 나오는 "흰 돛단배"를 공공미술 작품으로 만든다. 자, 이제 「청포도」 시의 한 장면이 근사하게 완성되었다! 호미반도 해안둘레길과 해파랑길을 걷던 사람들은 육사 선생이 그토록 기다리던 해방된 조국의 '청포 입은

9　포항의 전 행정구역 내에서 '108' 군집, 총 '432'기의 고인돌이 조사, 확인되었다. 浦項市史編纂委員會, 『浦項市史』(1권), 앞의 책, 130면.

포항시 호미곶면 대보리에 있는 〈이육사 청포도 시비〉는 '호미반도 해안둘레길' 4코스와 '해파랑길' 포항 구간 15코스가 겹쳐지는 길 위에 위치하면서 많은 사람들이 방문하는 명소가 되고 있다.

손님'이 되어 시인의 옆자리에 앉아서 기념 촬영을 할 수 있다. 영일만의 푸르른 동해 바다 앞에 세워져 있는 〈청포도 시비〉이기에 가능한 상상이라고 할 수 있다.

그런데, 〈청포도 시비〉의 좌측면에 기록된 연보의 내용에 대해서는 검토가 필요해 보인다. 시비에 적힌 연보에는 육사가 1937년에 포항의 오천포도원을 방문해서 「청포도」 시의 영감을 얻었다고 기록되어 있는데, 육사의 포항 방문은 1936년이 정확한 것으로 보인다.[10] 특히, 김

---

10   김희곤, 『이육사 평전』, 푸른역사, 2017, 〈이육사 연보〉 참조.

용성이 1973년에 작성한 연보는 당시 육사의 미망인인 안일양安—陽 여사의 도움으로 작성된 것이기에 그 신빙성이 높다고 할 수 있다.[11] 시비에 적힌 연보는 면밀한 사료 검토를 거쳐서 정확하게 수정하는 것이 좋을 듯하다.

'문화예술 르네상스'의 상징적 교차로, 〈청포도 다방〉

〈청포도 다방〉은 6·25 전쟁 직후부터 1960년대에 걸쳐 포항 지역의 문화예술 르네상스를 이끌었던 명소이다. 사진작가 박영달 선생은 이육사 시인이 「청포도」의 시상을 포항에서 탄생시킨 것을 기념하면서 '청포도 다방'이란 이름으로 음악감상실의 문을 열었다.[12] 이명석, 김대정, 박영달, 한흑구는 당시 〈청포도 다방〉에서 문학을 중심으로 포항의 문화예술 전반에 대한 생각을 주고받았는데, 이들을 따르는 김기윤, 신상률, 최성소, 김녹촌, 김상훈, 최정석, 손춘익, 김삼일, 박이득 등이 자리를 함께 했다. 수필가 박이득은 이 시기를 가리켜서 '청포도 문화살

---

11 김용성이 1973년에 당시 67세였던 육사의 미망인 안일양(安—陽) 여사와 육사의 친구였던 신석초(申石艸) 시인 등의 도움을 받아 작성한 연보에도 이육사 선생이 32세였던 1936년에 포항 송도에서 요양했던 것으로 기록되어 있다. 김용성, 앞의 책, 410면.

12 이육사가 쓴 「청포도」의 탄생지가 포항인 것을 잊지 않기 위해, 한흑구는 박영달이 다방을 열 때 그 상호를 〈청포도〉로 하도록 권하였다고 한다. 포항문화원 편, 『포항 근·현대 문화사 1900~2020』, 포항삼양문화사, 2020, 182면.

롱 시대'라고 명명하였다.[13]

필자가 이름을 붙인 '이육사의 길'은 포스트 코로나 시대, 포항의 문화예술 르네상스를 새롭게 이끌 〈청포도 다방〉으로 이어진다. 〈청포도 다방〉은 포항시 여천동에 위치해 있는데, 이곳은 문화예술 창작지구, '꿈틀로'라고도 불린다. '문화경작소'라는 별칭을 갖고 있는 〈청포도 다방〉의 운영은 구자현 좋은선린병원장님이 맡고 있었다. 필자는 7월 초순의 토요일 오후에 『포항의 길』 에세이집에 전문가 필진으로 참여하고 있는 구자현 원장님과 박경숙 소장님박경숙아트연구소, 서종숙 대표님㈜문화밥 등을 만나서 여러 이야기를 나누었다. 『포항의 길』 편집 및 출간과 관련된 논의에서 시작된 대화는 포항의 문화예술 전반으로 자연스럽게 이어졌다.

필자는 〈청포도 다방〉이 갖고 있는 문화공간적 상상력에 살짝 놀라지 않을 수 없었다. 이곳에 들어서는 순간 이미 머릿속은 문화예술 교류 모드로 바뀌어 있었고, 포항이라는 지역을 공통 주제로 다른 분야의 사람들과 자유롭게 대화를 주고받으며 오랜만에 문화 산책의 시간을 가질 수 있었다. 1960년대에 포항의 르네상스를 이끌었던 청포도 문화살롱 시대가 이곳에서 21세기 버전으로 재연되고 있는 것처럼 느껴지기도 했다.

구자현 원장님은 〈청포도 다방〉에서 매달 둘째 주 수요일 오후 5시부터 '램블링 테이블Rambling Table'이라는 프로그램을 운영하고 있다고

13　위의 책, 182~183면.

〈청포도 다방〉은 포항의 문화예술 창작지구, '꿈틀로'에 위치해 있다. '문화경작소'라고도 불리는 이곳에서는 각종 소규모 문화 행사와 공연들이 열리며, 문화 살롱의 분위기를 느낄 수 있는 '램블링 테이블'이 개최된다.

소개하셨다. 누구든지 참여해서 커피 한 잔을 하면서 자유롭게 대화를 나누는 시간이라고 했다. 프로그램의 별칭은 "우발이 촉발한 돌발"이라고 했다. 줄여서 읽으면 "우촉발"인데, 그 동기와 상상력이 재미있었다. 토요일 오후 우리 네 명이 두 시간 넘게 이야기를 나눈 형식도 실은 "우촉발"이었던 셈이다.

　　필자는 포항의 문화예술 창작지구인 꿈틀로에 있는 〈청포도 다방〉이 문화예술 르네상스의 상징적 교차로에 위치하고 있다는 생각을 했다. 1960년대의 〈청포도 다방〉은 우체국 옆에 상징적으로 자리잡고 있으면서 포항 전역에 문화예술의 소식을 전했다. 지금의 〈청포도 다방〉은 문화예술의 에너지가 꿈틀대며 흐르는 상징적 교차로에 위치해 있으면서, 예술 창작과 문화 교류의 열정을 사방으로 흘려보내고 있다. 이러한 역동적 움직임이야말로 살아 있는 '청포도 문학 정신'일 것이다.

'이육사의 길'의 종착점, 미래의 〈청포도 산책길〉

이육사는 1936년에 이어 1942년에도 포항을 방문하였다. 포항에 있는 집안 아저씨인 해산奚山 이영우李英雨 선생의 집에 요양차 왕래를 했던 것이다. 이러한 사실은 이육사문학관의 공식 홈페이지 연보와 김학동이 기록한 연보에서 모두 확인할 수 있다. 이 두 연보에 의하면, 이육사는 1942년에 "경주 기계", 혹은 "안강 기계리"의 이영우 집에 머물렀다고 적혀 있는데, 지역에 대한 명칭은 검토를 요한다.[14] 기계면은 고려나 조선 시대에 경주에 속했던 적이 있었지만, 1906년에는 흥해군에, 1914년에는 영일군에 편입되었다.[15] 그리고 1995년부터는 포항시의 행

---

[14] 이육사문학관의 공식 홈페이지 연보에는 "경주 기계", 김학동이 쓴 『이육사評傳』의 연보에는 "안강 기계리"의 이영우의 집에 이육사가 머물렀다고 기록되어 있다(김학동, 앞의 책, 279면). 그런데 육사가 방문했을 당시 기계면은 경주시나 안강읍이 아닌 영일군(현재의 포항 지역)에 속해 있었다.

[15] 이석수, 『이석수의 포항땅 이야기』, ㈜유앤디애드컴, 2018, 593면.

정 구역에 통합되었다. 따라서 육사는 1942년에 현재의 포항 지역인 영일군 기계면을 방문했던 것이다.

40세에 생을 마감한 이육사 선생은 17번이나 투옥 생활을 하면서 몸이 쇠약할 때가 많았다. 그는 심신의 건강을 회복하기 위해 집안 어른인 이영우의 포항 집에 요양차 왕래했던 것으로 보인다. 특히 수인 번호인 '264'를 한자인 '李陸史'로 표기하기로 한 것은 이영우의 조언이 끼친 영향이 컸다고 한다.[16] 육사에게는 「청포도」의 시상도, 평생 불리워진 이육사李陸史라는 이름도 모두 포항과 깊은 관련을 맺고 있는 것이다.

필자는 '이육사의 길'의 마지막 종착점이 이영우 선생의 집이 있던 포항시 북구 기계면 현내리에 놓여야 한다고 제안한다. 이육사는 요양차 머무른 기계면 현내리에서 심신을 회복하기 위해 산책의 시간을 가졌을 것이다. 그가 주로 어떤 길을, 언제 산책했는지 현재로서는 정확히 알 수 없지만, 그가 요양을 와 있던 이영우 선생의 집 주변 길을 거닐었으리라는 것은 어렵지 않게 추측해 볼 수 있다.

그렇다면, 기계면 현내리에 〈청포도 산책길〉을 조성해 보는 것은 어떨까. 역사적 고증과 문학적 상상력을 결합시켜서 가장 적합한 곳을 물색한 다음에 〈청포도 산책길〉을 만든다면, 포항은 명실상부하게 청포도 문학의 중심지로 새롭게 인식될 수 있을 것이다. 평생을 애국 애

---

16 박경숙, 「[신년특집—경북·대구 근대 미술사] 청포도 다방·문화운동 선각자들」, 『경북일보』, 2020. 1. 2.

족의 희생정신과 문학 창작의 열정으로 살다가 조국 광복을 1년여 앞두고 순국한 이육사 선생의 노블레스 오블리주 정신을 본받고자 하는 사람들이 '이육사의 길'을 걷기 위해 포항을 성지 순례를 하듯 찾아오는 날을 기대해 본다.

'청포도의 미학', 노블레스 오블리주의 길

퇴계 이황의 14대손으로 안동에서 태어난 이육사 선생은 제국주의라는 거대한 바이러스로 인해 우리 민족에게 자유의 길이 사라져 버린 것을 절감했다. 우리에게는 시인으로 더 많이 알려져 있지만, 육사는 젊은 나이에 항일 무장투쟁 운동을 하며 독립투사의 길을 걸었다. 그가 시를 쓴 것은 그의 40년의 짧은 인생 중에서 마지막 10여 년 동안에 불과했다.

일제에 항거하며 독립운동을 하느라 문학청년 시절을 마음껏 누리지 못했지만, 문학에 대한 그의 열정은 식은 적이 없었다. 육사는 독립투사의 길과 시인의 길 사이에서 갈등했다기보다 그 두 길을 마치 하나의 길처럼 여기면서 온몸을 녹여냈다. 그의 시가 절제미를 잃지 않으면서 강인한 의지가 표출되는 것은 독립운동가의 길과 예술인의 길, 그 어느 것도 포기하지 않으려고 했기 때문이다. "청포도가 익어가는"이란 시구는 조국의 독립을 절실히 염원하는 육사의 내면 의식이 시적 언어로 응축되어 표현된 것이다.

> 내 고장 칠월七月 은 / 청포도가 익어가는 시절 // 이 마을 전설이
> 주저리 주저리 열리고 / 먼데 하늘이 꿈꾸며 알알이 들어와 박혀 // 하
> 늘 밑 푸른 바다가 가슴을 열고 / 흰 돛단 배가 곱게 밀려서 오면 // 내
> 가 바라는 손님은 고달픈 몸으로 / 청포靑袍 를 입고 찾아 온다고 했으
> 니 // 내 그를 맞아 이 포도를 따 먹으면 / 두 손은 함뿍 적셔도 좋으련
> // 아이야 우리 식탁엔 은 쟁반에 / 하이얀 모시 수건을 마련해 두렴
>
> —이육사, 「청포도靑葡萄」 전문全文[17]

청포도가 익어가는 내 고장의 칠월은 일제 치하의 암흑기를 고통 가운데 살아가고 있던 시간과 공간을 비유적으로 표현한 것으로 볼 수 있다. 따가운 햇살과 한여름의 열기는 생명체에게는 버거운 환경이지만, 그러한 과정을 견디면서 열매는 알차게 여물게 된다. '익어감'이 주는 어감에는 결실에 대한 기대와 함께, 현재를 버텨내야 하는 고단함이 교차한다. 그래서 익어간다는 것은 인내 가운데 성숙하면서 고난을 극복해 나가는 의미를 획득하게 된다. 육사가 엄혹한 현실을 인내하면서 꿈꾸었던 것은 푸른 바다가 가슴을 열고 보내주는 흰 돛단배를 타고 오는, 그토록 바라던 청포를 차려입은 손님으로 상징되는 조국 광복이라고 할 수 있다.

필자는 이육사 시인이 「청포도」에서 보여주었던 인내와 의지, 열정과 희망의 시 세계를 '청포도의 미학'으로 일컫고 싶다. 청포도의 미

---

17   이육사, 「청포도(靑葡萄)」, 『문장(文章)』, 1939. 8, 110~111면.

학은 육사가 목숨을 바쳐서 구현한 나라 사랑의 정신에 바탕해 있다. 「청포도」는 그가 실천한 노블레스 오블리주의 삶이 문학적으로 형상화한 아름다운 저항시이다. 육사는 어두운 잿빛 시기를 견디게 하는 희망의 메타포로 푸른 청포도를 형상화했다. 그리고 그 청포도 넝쿨이 드리워진 길로 독자들과 후손들이 걸어갈 수 있도록 이정표와 같은 시를 남겨주었다. 고통스러운 팬데믹 상황에서 청포도가 푸르게 익어가는 모습을 보면서, 다시 한번 희망을 생각해 보게 되는 '이육사의 길'이다.

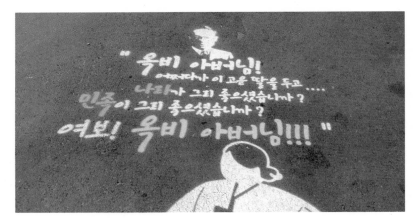

꿈틀로의 〈청포도 다방〉을 향해 가는 길에는 독립운동가였던 이육사의 애국 애족 정신을 나타내는 글이 조명으로 비춰지고 있다. 그는 딸 이름을 '옥비(沃非)'라고 지었는데, 그 뜻은 "윤택하게 살아서는 안 된다"는 것이다. 이육사 선생의 노블레스 오블리주 정신을 엿볼 수 있는 대목이다.

청하의 길
― '아시아의 피를 잇는 사람'을 찾아서

이재원 | 포항지역학연구회 대표

> 유월六月 하루를 버스에 흔들리며 / 동해東海로 갔다. // 선을 보러
> 가는 길에 / 날리는 머리카락. // 청하淸河라는 마을에 천희千姬. / 뭍에
> 오른 인어人魚는 아직도 머리카락이 젖어 있었다. // 왜, 인연이 맺어지
> 지 않았을까. / 따지는 것은 어리석다. 그것이 인간사人間事. // 지금도
> 청하淸河라는 마을에는 인어人魚가 살고 있다.
>
> ― 박목월朴木月, 「청하淸河」중에서

　　청하淸河는 현재 포항시 북구에 속하나, 시로 승격되기 이전에 포
항 지역은 흥해, 연일, 장기, 청하 네 개의 군·현으로 이루어져 있었다.
이중 청하는 포항의 가장 북쪽으로, 영덕과 접해있었다. 지금은 청하면
과 송라면이 나뉘어져 있지만 예전에는 송라 지역도 청하에 속했다. 따
라서 보경사가 있는 내연산, 월포 바닷가 등 산과 바다가 어울려 있는
아름다운 고장이었다. 청하라 하면 겸재 정선謙齋 鄭敾, 1676~1759을 빼놓
을 수 없다. 조선 시대 진경산수화의 대가로 평가받는 그는 영조 9년에

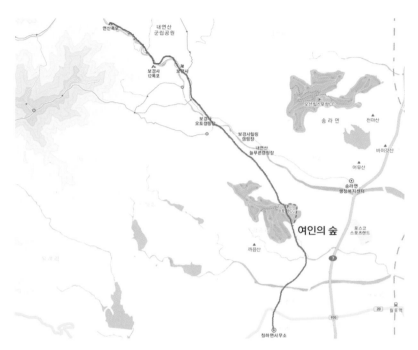

겸재 정선은 청하 현감 시절 청하읍성에서 내연산 연산폭포로 탐승을 떠났다. 〈청하성읍도〉와 〈내연삼용추도〉를 남겼으니 그의 발자취를 좇아 '겸재 정선의 길'이라 이름 지으면 어떨까.

청하 현감으로 부임했다. 당시 읍성의 모습이 어떠했는지는 그가 남긴 〈청하성읍도〉에 잘 나타나 있다. 1734년 갑인년 가을, 청하에서 내연산 으로 여행을 떠난 겸재는 아름다운 내연산의 모습을 그림으로 남기게 되는데 바로 〈내연삼용추도〉이다. 그리고 내연산 연산폭포 옆 바위벽 에 그의 이름을 새겨두었다. '정선 갑인추'라고.

박목월, 겸재, 이런 분들의 발자취로 청하는 이름만 들어도 설레는 고장이다. 그리고 한 사람의 이야기가 더 있다.

지난 2000년의 일이다. 〈청하의 길〉이라는 제목의 음반이 나왔다. 가수 이름은 '아라이 에이치'. 웬 일본 사람이 청하의 길? 의아해할 수밖에 없다. 먼저 노래의 첫 대목을 들어보았다.

> 아시아의 넓은 땅 보고 싶어서 나는 혼자서 길 나섰네 / 현해탄을 배로 건너 부산 항구를 바라보면서 / 날이 새는 것을 기다렸었네 // 부산의 부두에서 버스를 타고 해운대 바다 보았네 / 이곳이 아버지의 고향이라니 생각하고 사람들의 얼굴을 보니 / 어쩐지 그리웠던 기분이 든다 // 우리말을 못하는 슬픔에 손짓 발짓으로 얘기했지 / 나는 이곳에 가고 싶다고 한반도 지도를 펴놓고 / 경상북도를 가리켰었네

절규하는 듯한 그의 목소리가 끈적끈적한 블루스 리듬에 얹혀, 듣는 이의 심금을 울리는데 가사 내용마저 뭉클하게 한다. 그의 이력을 살펴보았다.

한국 이름은 박영일. 1950년 일본 후쿠오카에서 한국인 아버지와 재일 조선인 어머니 사이에서 태어났다. 아버지는 고향이 경상북도 포항시 청하면 서정리인데 강제징용으로 일본에 끌려갔다가 재일 조선인, 즉 조총련 아내를 만났다. 하지만 아버지는 중노동 끝에 얻은 결핵으로 아들이 태어나자마자 요양소로 떠나게 된다. 아들과 함께 살아보지도 못하고서 말이다. 남은 자식들은 어머니의 몫이었다. 어머니는 숯

제1부 포항에서 길을 찾다

조각을 모아서 파는 고물상을 하면서 어렵게 자식들을 키웠다. 어린 아들 박영일도 학교 오갈 때 자석을 끈에 매달고 다니면서 철못을 주우며 다녔다고 한다.

　그러던 어느 날 갑자기 경찰이 집에 와서 어머니를 끌고 갔다. 그러고는 1년간 못 돌아오게 되었다. 나중에 알게 된 일이지만, 전깃줄 도둑의 물건을 어머니가 몰라서 사는 바람에 장물아비란 누명을 쓰고 형무소에서 1년 있었던 게다. 어머니마저 갑자기 형무소로 끌려가니 남은 가족은 어떻게 되었겠나. 그야말로 고아나 다를 바가 없게 되었다. 학교에 가면 따돌림을 당하고, 친구도 없이 외톨이였는데, 그때 처음 들어본 말이 '조센징'이었다. 어린 마음에 점점 삐뚤어져 갔다. 복수를 하겠다고 싸움도 하면서 불량배가 되어 갔다.

　어머니는 1년 후 보석으로 풀려 나왔지만 박영일은 학교 가기도 싫고 해서 15살에 집을 나왔다. 세상의 냉정함을 맛보며 여기저기 일을 하다가 미군기지 외국인 바에서 일을 하게 되었다. 술집에서 일하면서 재즈, 블루스 등 미국 음악을 들으면서 자기 안에 음악성을 발견하게 된 것도 그때다. 그리고는 미국을 동경하게 되었다. 아버지가 돌아가셨다는 전보를 받고, 돌아가신 아버지의 얼굴을 보게 되지만 한 번도 같이 안 살아본 아버지인지라 눈물도 나지 않았다고 한다. 스물한 살이 되던 해 미국으로 가는 배를 탔다. 미국에서 "너는 누구냐?"란 질문에 이렇게 답했다고 한다. "나는 코리안 재패니즈다. 일본에서 태어나 자랐지만 아시아의 피를 잇는 사람이다."

　미국 뉴욕에서 접시를 닦으며 음악 활동을 한 지 4년. 스물다섯 살

청하 앞바다 전경. 청하는 넓은 바다를 품고 있으며 예로부터 고래가 뛰놀았던 기록이 흔히 발견된다.

에 낡은 기타 하나 들고 도쿄로 돌아왔다. 기어이 가수가 되겠다고 다짐을 하고 말이다. 하지만 도쿄에서 주목을 받지는 못하였다. 그러던 1986년, 어머니마저 세상을 떠나 절망에 빠져 있던 날, 무작정 아버지의 고향인 경북 청하를 찾아 나섰다. '몸에 흐르는 뜨거운 피가 어찌할 줄 모르게 그리워하여 그것이 청하로 달리게' 했다고 한다. 청하를 찾아가는 여정을 마치 편지 쓰듯, 일기 적듯 담담하게 적어서 노래로 만든 것이 〈청하의 길〉이라는 앨범이다.

　　내용을 좀더 살펴보자. 청하에 와서는 면사무소에서 아버지의 호적을 찾아낸다. 그리고 호적에 본인 이름도 있는 것을 확인하고 흐뭇해한다. 아버지 태어난 곳을 보고 싶다고 마을 사람에게 부탁해서 결국 찾아가게 된다. 그리고 청하에서 '자기 정체성'이랄까, 자기가 누구인지, 자신의 뿌리가 어디에 있는지를 알게 된다. 자신의 일본 이름이 아라이 에이치인데, 한문으로 적고 우리식으로 발음하면 '신정 영일'이다. 한국 이름은 박영일이다. 결국 이름이 '영일'인데 청하에 와서 청하 앞바다 이름이 영일만이라는 걸 알게 된다. 아버지가 일본에서도 영일만을 그리워하며 자기 이름을 지은 것을 깨닫게 된다.

> 마을을 나서니 나의 눈앞에 / 끝없이 펼쳐진 푸르른 바다 // 저 바다 이름은 영일만이래 / 나의 이름도 영일이야 // 똑같은 이름이란 걸 처음 알았네 // 나라에 국경이 있다하여도 / 부자간엔 그런 것 있을 수 없지 // 이제까지 흐려서 보이지 않던 / 눈앞이 트이고 맘은 환해져 // 안개 개인 하늘처럼 맑아졌다오

　　일본에서 태어나서 힘들게 살아가신 부모님, 또 주변으로부터 들은 멸시 등 순탄치 않은 가정사를 역사의 아픔으로 인식하면서, 그동안 쌓였던 한과 울분을 날려버리고 마음이 맑아진 것을 느꼈다. 그리고 이 여정을 음악으로 발표하는 데 9년이 걸렸다. 청하를 처음 찾아온 것이 1986년이고 음악으로 담은 〈청하의 길〉이 발표된 것은 1995년이다. 물

론 일본말 가사였다. 음반이 발표되고 그해 제37회 일본레코드대상 앨범상을 수상하게 된다. 뿐만 아니라 뉴욕 카네기 홀에서 초청 공연도 하게 된다. 정말 무명일 때 뉴욕의 술집에서 접시를 닦으며 음악을 듣던 시절을 생각하면 감회가 새롭지 않았을까? 자기의 뿌리를 찾는 과정을 노래에 절절히 담음으로써 해외에서도 인정받는 가수가 된 것이다.

아라이 에이치의 〈청하의 길〉 음반 표지. 1995년 일본에서 발매된 음반으로 일본레코드대상 음반상을 수상하였고 2000년 서울음반에서 한국어판으로 발매되었다.

기타, 피아노를 독학으로 배웠다고 하니 정말 대단하다. 그리고 곡의 각 장의 끝부분에는 후렴구처럼 "아리아리랑 스리스리랑 아라리요. 아리랑 고개를 나는 간다"가 반복되어 붙는다. 우리나라 아리랑이 그렇지 않나. 그래서 이 곡을 〈청하 아리랑〉이라고도 한다. 노래를 들으면 블루스나 재즈 같은 미국 음악에 왠지 우리 음악 시나위 같은 국악 느낌도 난다. 하지만 우리 국악을 배운 적은 없다. 배우지 않아도 핏줄의 기억 속에 자리 잡고 있었다고 그는 말한다. 다만 그걸 끌어내는 데 시간이 걸렸을 뿐 한번 끌어낸 후엔 그 피의 기억을 좇아 부르기만 하면 되었다.

〈청하의 길〉은 총 여섯 개의 장으로 이루어져서 각 장마다 소제목이 붙어 있다. 일본에서 경북 청하로 가는 〈여행길〉, 청하에서 자기를 발견하게 되는 〈고향〉, 포항에서 부산으로 가는 기차 속에서 떠올려보는 어린 시절의 〈추억〉, 외국인 바에서 일을 하며 음악을 동경하던 〈청춘〉, 편도 티켓을 손에 들고 찾은 〈미국〉, 부산항에서 일본으로 돌아가서 반기는 그의 처자를 부둥켜안는 〈가족〉이다. 그리고 각 장은 8절로 이루어져 노래 전체가 48절이다. 마지막 48절의 가사는 포항 청하를 다녀와서 가족의 소중함을 알게 되는 내용이다.

> 나의 뿌리는 대륙이요 / 조선반도라고 불리는 곳 // 나의 아버지는 그 옛날에 / 바다를 건너서 왔소라고 // 자자손손 대대로 전해 주리라

청하의 길은 재일 교포가 뿌리를 찾아 아버지의 고향을 찾아온 길로만 국한하기에는 벅찬 무엇이 있다. 단순히 그가 바다를 건너고 산을 몇 개나 넘어서 찾아온 그 길만을 가리키는 것이 아니기 때문이다. 길을 땅바닥에 새겨진 기억이라고 정의한다면, 청하의 길은 그만 걸은 길

길을 땅바닥에 새겨진 기억이라고 정의한다면, 청하의 길은 그만 걸은 길이 아니라 그의 아버지도 걸은 길이요 슬픈 한 시대가 걸은 길이다. 길은 공간적 연결뿐만 아니라 시간적 차이도 이어준다.

이 아니라 그의 아버지도 걸은 길이요 슬픈 한 시대가 걸은 길이다. 길은 일본과 한국이라는 공간적 연결뿐만 아니라 그와 그의 아버지라는 시간적 차이도 이어준다.

> 하염없이 이어진 기나긴 길 / 저기 저 멀리 산이 보이네 // 아버지도 그 옛날 이 길을 / 걸어서 오셨다고 생각하니 // 가슴이 서서히 뜨거워지네 // 이제사 왔냐고 내 고향이 / 두 손 벌려서 기뻐하며 // 반가이 맞아주는 기분이 나는 / 사랑스런 대지에 바람이 불어 // 혼자서 걸어가는 청하의 길

포항 옛 철길

— 기억할 만한 지나침

김평훈 | 한국교원대학교 국어교육과 교수

1.

2015년 4월 1일 밤 9시 53분, 부전에서 출발한 무궁화호 7566편 열차가 포항시 북구 대흥동에 위치한 포항역에 도착한다. 기관사와 승무원들이 플랫폼에 내려서자 주민들이 꽃다발을 전달하고 축하와 격려의 박수를 친다. 1914년 간이역을 시작으로 약 100년간 포항과 외부를 연결해온 대흥동 포항역은 2015년 4월의 첫날, 무궁화호 7566편 열차의 마지막 운행과 함께 거짓말처럼 폐쇄되었다.

대흥동 포항역이 폐쇄된 다음 날, 흥해읍에 새로운 포항역이 문을 열었다. 새 포항역이 시 외곽인 흥해읍에 자리 잡으면서 포항과 외부를 연결하는 철길은 더 이상 포항 시내를 통과하지 않게 된다. 남구 효자역 부근에서 대흥동 구 포항역까지 이어지는 철길은 단선되었고, 대흥동 구 역사 또한 2015년 10월 1일을 마지막으로 철거된다. 효자역과 옛 포항역 사이 4.3km 구간에는 포항 철길숲 공원이 들어섰다.

포항 철길숲 산책로(용흥 건널목 부근)

2.

　　포항살이를 시작한 이후, 주말이면 가끔 철길숲 공원을 산책한다. 잘 정비된 산책로와 조형물 덕분인지 공원을 찾는 시민들이 적지 않다. 효자교회에서 출발하여 분수대까지 약 1킬로미터 남짓 거리를 산책한 뒤 다시 집으로 돌아오면 1시간 정도 걸린다. 적당한 시간과 거리다. 주말의 산책이란 이 정도가 적당하다. 산책이란 일상에서 잠시 벗어나는 것, 그러나 너무 멀리 벗어나지는 않는 것, 적당히 멀어졌다 다시 돌아오는 것이어야 하니까.

　　적당한 거리보다 조금 더 멀리 가게 된 것은 자전거 때문이다. 어린이날 선물로 아들 원우에게 자전거를 사주었다. 학교 운동장에서 하루 동안 비틀거리며 자전거를 연습하던 원우는 스스로 균형을 잡을 수 있게 되자 자전거를 이용하면 아주 먼 곳까지 갈 수 있다는 사실을 깨달았다. 원우는 혼자 자전거를 탈 수 있을 때까지 자전거 조정 능력을 향상하겠다는 계획을 세웠다. 0퍼센트에서 시작하여 100퍼센트에 도달하면 보호자 없이 혼자 자전거를 탈 수 있게 된다, 라고 말한 것은 물론 나였지만 진지하게 말한 것은 아니었는데, 돌이킬 수 없게 됐다.

아파트단지 놀이터에서 벗어나 형산강 자전거길을 달리기 시작했다. 형산강 상류를 향해 달리면 경주까지 갈 수 있다는 걸 알게 된 원우는 눈이 커졌다. 초등학교 2학년이 어린이용 자전거를 타고 경주까지 가는 건 불가능한 일이지만, 100퍼센트를 향한 인간의 열정에는 불가사의한 힘이 있어 불가능한 일을 가능하게 했다. 실은 유강터널만 지나면 행정구역상 경주라 효자동 부근에서 3킬로미터만 달리면 포항과 경주의 경계 지점에 도달할 수 있다. 첨성대도 불국사도 없지만 어쨌든 경주는 경주였다. 경주시 강동면 면소재지 편의점에서 아이스크림을 사먹고 집으로 돌아오면서 원우는, 경주는 시시하니 다음 주말에는 바다로 가자고 말했다.

형산강 자전거길을 따라 송도바다까지 다녀오는 과정은 참으로 다사다난하였는데—원우는 두 번의 전복사고를 겪었고, 멀어지는 아비의 뒷모습을 보며 원망과 저주의 말을 퍼부었으나 귀가 어두운 아비는 제 갈 길을 계속 갔다고 한다—어쨌든 바다 탐방로까지 정복하고 무사히 집으로 돌아온 우리는 새로운 자전거 주행로를 개척해야 했다. 경주나 바다를 향한 길이 아닌 또 다른 길, 효자교회에서 출발하여 분수대에서 끝나곤 했던 산책길이 포항 철길숲의 종점까지 연장된 것은 그래서였다. 일상과 산책이 질서정연하게 교차하는 세계, 그리고 그런 세계의 끝이었던 분수대에서 조금 더 나아가는 것은 그러나 뜻밖에도 조금 의미심장한 일이었다.

물론 나는 알고 있었다. 분수대까지의 1킬로미터란 현재 내 삶의 반경이고, 이 반경을 벗어나면 조금 다른 기억과 만나게 된다는 것을. 분수대를 지나 용흥 고가도로 그늘 밑으로 들어서는 순간, 30년 전 과거의 기억과 대면하게 된다는 것을. 30년 전 포항에서 보낸 3년은 지금 돌이켜 보아도 그리 유쾌한 기억이 아니다. 특별한 사건사고가 있었던 것은 아니지만 익숙하지 않은 환경과 집안의 어려운 살림살이 때문에 괜히 주눅이 들곤 했던 시기였기 때문이다. 그러니 다시 자전거 탓을 하는 수밖에. 자전거를 타다보면 항상 예상보다 더 먼 곳까지 가게 된다.

3.

분수대를 지나 북쪽으로 20분 정도 달리자 익숙한 고가도로가 눈에 들어왔다. 지금과는 반대로, 30년 전 나에게 용흥 고가도로는 익숙한 세계의 끝을 의미했다. 지금의 생활 반경이 효자교회에서 분수대까지 1킬로미터 남짓이라면, 30년 전 나는 옛 포항역 부근에서 용흥 고가도로까지 1킬로미터를 매일 왕복하는 것이 일상이었다. 그 1킬로미터가 나의 등하교 길이었기 때문이다. 용흥 고가도로 그늘 밑에 자전거를 세우

옛 포항역 광장(출처: 포항시청 홈페이지)

옛 포항역 광장의 현재 모습

용흥 건널목 부근 동네. 골목 사이로 부서진
집들이 보인다.

고 잠시 주변을 둘러보았다. 내가 다니던 초등학교는 그 자리에 그대로 있었다. 학교 앞 문방구는 사라졌다. 그 외에 무엇이 달라졌는지 판단하기는 어려웠으나 무언가 미묘하게 달라졌다는 느낌은 비교적 분명했는데, 한참이 지나서야, 그러니까 길의 끝에 도달해서야 그 이유를 알게 되었다.

용흥 고가도로 그늘을 빠져나와 계속 자전거를 달리면 곧 용흥 건널목에 도달한다. 30년 전, 용흥 건널목을 건너오던 아이들이 어렴풋이 기억난다. 평일 아침, 종이 울리고 차단기가 올라가면 아이들이 쏟아져 내려왔다. 쏟아져 내려온 아이들과 섞여 학교를 오가다보니 익숙한 얼굴도 생겼고, 그중에 몇몇과는 친구가 되기도 했다. 그 친구들 중에는 '철길 주변 토박이'들도 있었는데, 이 친구들을 만나면 골목길이 아니라 철길을 따라 등하교를 하곤 했다. 지금이야 상상도 할 수 없는 일이지만 그 당시 철길은 아이들에게 약간 위험한 놀이터? 정도로 여겨졌다. 기차 때문이 아니라 철길을 관리하는 어른들에게 들키면 혼이 나는 경우가 있었기 때문이다.

용흥 건널목을 지나면 철길숲 공원의 종점인 옛 포항역이 코앞이다. 용흥 건널목에서 옛 포항역까지는 철길숲 공원 산책로 전체에서 아직 정비되지 않은 유일한 구간으로, 여기서부터는 매끈하게 닦인 자전거 도로가 아니라 비포장 길을 달려야 한다. 300미터 남짓의 비포장 길이 끝나면 넓은 공터가 펼쳐지는데, 이곳이 바로 옛 포항역 광장이다. 역사는 철거된 지 오래되었고 녹슨 철문과 몇 채 남지 않은 폐건물만이 이곳이 옛 포항역임을 알게 했다. 30년 전 이곳에서 친구들과 축구를 했던 기억이 남아 있는데, 그것이 실제로 있었던 일인지, 아니면 다른 기억과 뒤섞인 것인지 분간하기 어려웠다. 역사가 사라진 옛 포항역 풍경은 묘하게 낯설었고, 그 낯섦 때문인지 기억과 상상의 경계가 흐려졌다. 이 흐릿한 현실 감각은 용흥 고가도로 그늘 밑에 들어서면서부터 시작된 것이기도 했다.

폐허로 남은 포항역 광장에는 비둘기와 노인들뿐이었다. 길은 끝났고 이제 왔던 길을 되돌아가야 할 차례였다. 그러나 지나온 길을 다시 되짚어 돌아가고 싶지는 않았다. 무엇보다, 익숙한 세계의 반경을 벗어난 순간부터 꼭 가보야 할 곳이 있었기 때문이다. 그곳에 가기 위해서는 폐철길을 따라 조성된 철길숲 산책로를 벗어나야 했다. 철길숲 종점에서 포항역 광장을 왼편에 두고 시계 방향으로 돌아가면 철길 옆 동네와 연결된 골목길이 나오는데, 이 길이 내가 꼭 가보아야 할, 30년 전 일상의 공간이었다. 익숙한 길을 따라 용흥 건널목을 향해 달린다. 지금은 이름도 희미해진 옛 친구의 집을 지나친다. 동네에서 보기 드문 4층짜리 건물이니 금방 눈에 띄리라 생각했는데 기억보다 낡고 초라해서 그냥 지나칠 뻔했다. 몇몇 옛 친구들의 집을 더 지나자 눈에 익은 골목이 보인다. 골목은 기억보다 훨씬 좁았다. 내가 살았던 집은 밖으로 자물쇠가 채워져 있어 더이상 사람이 살지 않는 듯했다. 주변의 집들 역시 대부분 자물쇠가 채워져 있었고, 철거를 앞둔 듯 어수선했다. 동네 전체가 텅 비어 있었다.

용흥 고가도로 그늘을 통과하면서 느꼈던 묘한 이질감의 실체가 비로소 분명해졌다. 소리 때문이었다. 철길 주변 동네에는 더이상 사람들이 살지 않았다. 깔끔하게 정리된 포항 철길숲 산책로 주변에는 이제 아무도 살지 않는 집들만이 침묵 속에 부서지고 있었다. 기차도, 차단기 소리도, 파도처럼 쏟아지던 아이들의 재잘거림도 철길이 단선되면서 자취를 감추었다. 포항역을 둘러싸고 펼쳐졌던 난전도, 역전 광장에서 공을 차던 아이들도 더이상 없다. 철길숲 공원의 종점에 도달하고 나서야 나는 이 사실을 깨달았다. 보이지만 보이지 않았기 때문이다. 잘 정비된 산책로를 따라 이동하는 사람에게 담장 너머 동네는 한낱 풍경일 따름이다. 그 풍경조차 내 마음의 모양에 따라 어떤 고정된 정서나 이미지로 지각될 뿐이다. 포항 철길숲 산책로를 걷는 사람들에게 용흥 고가도로 북쪽 동네의 풍경이란 레트로 감성을 자극하는 구도심의 스펙터클일 뿐, 생활과 실존의 장소일 수는 없다. 일상에서 잠시 짬을 내어 정해진 산책로를 따라 일정한 거리를 왕복하는 사람들에게 주변의 풍경이 갖는 의미란 그 정도 아니겠는가.

　　포항시청 홈페이지의 소개처럼 "남구 효자역과 옛 포항역 사이 4.3km 구간"에 조성된 포항 철길숲은 "미래지향적인 도시재생과 녹색 생태도시 조성의 모범사례"라 칭하기에 부족함이 없다. 불의 정원, 음악분수, 스틸아트 작품 등 볼거리도 많고 산책로 관리도 잘 되어 있다. 포항 도심을 남북으로 길게 연결하고 있어 접근성도 매우 높다. 옛 포항역 부지 개발이 과제로 남아 있긴 하지만, 여기에도 곧 특급호텔과 주상복합시설이 들어설 것이라는 소문이 들린다. 아직 정비되지 않은 용흥 건널목 북쪽까지 개발이 완료되면 포항 철길숲은 더욱 훌륭한 여가·관광 자원으로 자리매김할 것이다. 그런데 그때가 되면 30년 전 내가 살았던 동네는 어떻게 될까? 포항 옛 철길 주변은 오랫동안 포항 서민들의 생활공간이었다. 폐가로 방치된 집들 사이에 지금도 동네를 떠나지 않은 일부 주민들이 살고 있다. 철길이 사라지고 공원이 조성되면서 이들의 생활공간은 여가를 즐기는 산책자들의 시선에 고스란히 노출된 상태. 산책하는 사람들과 얼마 남지 않은 동네 주민들은 서로의 눈을 들여다보며 무슨 생각을 하게 될까?

4.

평소보다 조금 길었던 산책을 끝내고 돌아오는 길에 원우는 자신의 자전거 실력이 몇 퍼센트 올라갔는지 물었다. 나는 0.1퍼센트 향상되어 99.1퍼센트가 되었다고 대답했다. 원우는 그럼 이 길을 아홉 번만 더 왕복하면 100퍼센트가 되는 거냐고 되물었다. 나는 그렇다고 대답했다. 원우는 100퍼센트에 도달하기 위해 이 길을 아홉 번 더 왕복할 것이다. 100퍼센트가 되기 전까지는 보호자 없이 자전거를 탈 수 없으므로 나 역시 이 길을 아홉 번 더 왕복해야 한다. 아홉 번의 산책을 모두 끝내고 나면 포항 옛 철길 주변의 풍경도, 그 풍경을 바라보는 내 시선도 조금은 달라져 있을 것이다. 아직 오지 않은 미래를 잠시 생각하다 원우와 눈이 마주쳤다. 원우의 눈동자에 비친 내 모습 뒤로 지금은 사라진 포항의 옛 철길이 펼쳐졌다. 그 순간, 100퍼센트가 아니어도 괜찮다는 생각이, 스치듯 지나갔다.

장기목장성 가는 길
— 지역의 이야기가 어떻게 문학이 되는가

김일광 | 동화작가

지금은 많이 달라졌지만 얼마 전까지만 하여도 외지 사람들은 우리 고장 포항을 한낱 갯가에서 물고기나 잡아먹고 사는 지역으로 알고 있었다. 심지어 반촌이라고 일컫는 지역에서는 갯가라고 혼인마저 꺼렸던 게 사실이었다. 이런 생각들은 나아가 문화유적도 없고, 사람살이에 대한 이야기도 없을 거라며 '문화 불모지'라는 오명까지 덧씌우기도 했다. 우리 한반도 어느 깊은 골짜기, 바람 치는 외진 바닷가인들 어찌 사람이 살지 않았겠는가. 갯가라고 업신여김을 받던 우리 포항에도 일찍부터 사람들이 모여 살았고, 나름의 문화와 전통을 가꾸어 왔다. 그것이 바로 오늘을 이루어 낸 우리 포항 사람의 삶이고 역사가 아니었던가.

문학 중에서도 동화에 뜻을 두면서 자연스럽게 우리 지역에서 전해지는 이야기와 옛 사람들의 삶에 관심을 가지게 되었다. 옛날 사람살이에 대한 이야기와 희미해져가는 향토사는 나에게 마치 보물 창고 속을 들여다보는 것처럼 흥미롭게 다가왔다. 그래서 이야기라면 무엇이

든지 챙기고 기록해 두는 버릇을 가지게 되었다. 그중 하나가 바로 장기목 이야기, 즉 울산 남목과 함께 한반도 동남 해안 지역을 대표하는 군마목장 이야기였다.

1970년대 중반 어느 겨울날이었다. 나는 그때 영일군청의 의뢰로 『영일군사迎日郡史』의 한 부분을 집필하고 있었다. 자료 조사를 위하여 영일군 문화공보실에서 내어 준 승합차를 타고 구룡포읍에 갔던 것으로 기억한다. 그때 역사적 사실을 설명해 주기 위해 나온 노인분이 있었는데 대보에서 왔다고 했다. 당시는 호미곶면 행정구역이 독립되지 않고 구룡포읍 대보출장소로 있을 때였다. 순서를 따라 그분의 차례가 되어 대보를 중심으로 이야기를 들려주었는데 너무나 재미있게, 막힘이 없는 그의 이야기 솜씨는 모두를 이야기 속에 빠져들게 만들었다. 그야말로 특별한 재담꾼이었다. 다른 집필위원들은 역사를 전공했거나 향토사 방면을 따로 공부해 왔기 때문인지는 몰라도 그 노인의 이야기를 크게 귀담아 두려 하지 않는 눈치였다. 물론 논리적이지 않고 황당한 면도 없잖아 있는 게 사실이었다. 그야말로 역사적인 사실이라기보다 과장된 부분이 지나쳤기 때문에 사료로서의 가치도 떨어지는 편이었다.

그러나 나는 한 가지 이야기에 꽂히고 말았다. 군마목장과 석성 이야기였다. 이야기가 끝나고 자리를 파했지만 그 이야기는 몇 장의 사진이 되어 선명하게 내 머리에 남게 되었다.

"구룡포 뒷산에는 고려 시대부터 국가가 관리해 왔던 군마 사육장이 있었다."

구룡포 뒷산으로 오르면 완전한 모습으로 보존되고 있는 목장성 일부. 1,000여 년의 긴 시간을 목부들과 또 지역민들과 함께해 온 성벽.

군마 사육장, 그것도 국가가 관리하였으며, 아직도 석성의 흔적이 남아 있으며, 불과 70년 전에 폐목이 되었다는 그 이야기는 알 수 없는, 묘한 매력으로 나를 사로잡았다. 그날 저녁, 메모를 바탕으로 바로 자료를 뒤적여 보았더니 신라 선덕여왕 때 "말의 안녕을 기원하기 위하여 명월암을 조성했다"는 내용이 『삼국유사』에 있다고 하였다. 또 『세종실록』에 장기목장에 대한 기록이 등장하는 것으로 보아서 세종 이전, 고려부터 목장이 있었던 것은 확실했다. 심지어 조선 시대에는 244명의 목자와 1천여 마리의 군마가 있었을 정도로 조선 최대 국영 군마목장이었다는 기록들이 인터넷에 떠돌고 있었다.

마음먹은 김에 며칠간 준비를 거친 뒤 군마 사육장 답사를 하였다. 먼저 구룡포 뒷산에 밝은 사람에게 안내를 부탁하였다. 길은 아예 없었다. 사람들이 다니지 않으면서 버려지다시피 된 길을 얼마나 올랐을까. 나무를 헤치고, 바윗덩이를 뛰어 넘고서 만난 석성은 그야말로 감동적이었다. 일제 35년, 광복 40년이 지나면서 잡목에 덮이고, 비바람에 무너지고, 넝쿨에 뒤엉킨 석성을 바라보며 한참 동안 말을 할 수가 없었다. 타임머신을 타고 다른 세상으로 날아온 것 같은 느낌이었다.

그 후 수차례에 걸쳐 호미반도를 가로지르는 석성을 넘나들며 군마 사육장이었던 마성과 당시의 이야기들을 생각했다. 신라, 고려, 조선을 거친 천 년이 넘는 세월을 쌓고 지켜온 우리의 군마 석성이 불과 일제 35년을 거치면서 사라졌다는 사실이 믿어지지 않았다.

그뿐만 아니었다. 아무리 생각해도 이해되지 않는 것이 있었다. 일제가 호미반도 산속을 내달리던 군마 중에서 마지막까지 남아 있던 300여 필을 징발해 가고 폐목을 하였다는데도 그 기록이나 그 후의 이야기는 오리무중이었다. 특히 구룡포와 포항 일원에는 우리 군마의 흔적조차 찾을 수가 없었다. 없애도 이렇게 감쪽같이 없앨 수가 있을까 하는 생각에 이르렀다. 누군가의 손에 의하여 의도적으로, 또 치밀하게 작업을 하지 않고서는 있을 수 없는 일이었다. 그래서 1905년 을사늑약부터 장기 군마 사육장을 배경으로 구룡포 일대에서 일어났던 사건들을 그 배경지 답사와 함께 이야기를 모아 나갔다.

사람들을 만나면서 알게 된 놀라운 사실은 1900년 이전에 이미 일본인들이 선단을 이루어 우리 해안과 호미반도 곳곳에 잠입하여 어로와 지형 측량을 하고 다녔다는 것이었다. 심지어 자칭 구룡포 개척자라고 일컬었던 도가와 야사부로 같은 사람은 모포리에 거점을 두고 삼치와 고등어를 잡아서 일본으로 실어 날랐다고 하였다. 국가 공권력이 자원을 지키지 못하자 지역의 청년들이 나서서 이들을 몰아내려고 했지만 일본인들은 교묘한 방법으로 실속을 챙겨나갔다. 1900년에 들어오면서 통상조약이 체결되자 이들은 합법적으로, 때로는 일본 군부의 든든한 지원을 받으며, 우리 땅에서 우리의 자원을 발판으로 부를 축적해 나갔다.

그 5년 남짓의 시간, 국가 권력의 무력함 탓에 이 지역 백성들은 어처구니없는 수탈의 시간을 살아야 했다. 더욱이 지역민의 생각이나 의사와는 상관없이 1905년 을사늑약이 맺어지고 다음해인 1906년 일본군은 장기 군마목장에 있던 군마 300여 필을 강제 징발해 갔다. 1907년에 가이요 마루가 우리 해안선 탐사를 벌이다가 호미곶 끝 암초인 고석초에서 좌초되었다. 그들 스스로 그해 9월, 마지막 태풍이 몰아치는 내내 피항하지 않았다. 그러다가 좌초된 것이었다.

일본은 이를 빌미로 대한제국에 손해 배상을 청구하였다. 네 사람이 죽고, 배가 부셔졌으니 그 배상액이란 게 만만치가 않았을 것이다. 대한제국으로서는 기가 찰 일이었다. 자기네들이 마음대로 남의 해안에 들어와 설치다가 좌초되었으면서도 손해를 배상하라니 명백한 국제법 위반이면서도 말도 안 되는 억지를 부린 것이었다. 벌을 받아도 시원치 않은 일이었건만 힘없는 대한제국으로서는 어떻게 할 방법이 없었다. 그래서 손해 배상 차원에서 1908년 12월에 호미곶 등대가 설치되었다. 더욱 이해가 가지 않는 일은 우리 땅에 세운 등대의 초대 등대장

호미곶 까꾸리개에 세워져 있는 쾌응환(가이요 마루) 조난 기념비. 일제의 포항 해안 일대 침탈이 시작된 현장이며 해맞이와 해넘이를 함께 볼 수 있는 자리.

으로 일본의 '난바'라는 사람이 부임을 한 것이었다.

　이상한 일은 꼬리를 물고 일어났다. 난바 등대장이 부임 이듬해인 1909년, 일본인에 의하여 살해되었다. 평화롭기만 하던 호미반도에서 일본인에 의한 일본인을 죽인 살인사건이 일어난 것이었다. 소문에는 난바 등대장이 일본에서 원한 살 일을 저지르고 호미곶으로 도망을 왔는데 피해자가 찾아와서 복수를 했다는 것이다. 그것도 근거가 있는 이야기는 아니었다. 원한 살 일을 저지른 사람이 어떻게 공직인 등대장이 될 수 있었겠는가. 당시만 하여도 호미곶까지 오기에는 교통수단이 거의 없었는데, 복수를 위해 그 힘든 길을 더듬어 온 것도 선뜻 이해할 수 없었다.

이듬해인 1910년, 모포에 있던 도가와가 일본인들을 거느리고 구룡포에 들어와서 자리를 잡았다. 아무도 그를 쫓아낼 수가 없었다. 이미 강제적인 한일합병이 이루어진 뒤였다. 그는 본격적으로 일본인 거주 지역을 매립하였으며, 방파제와 일본 배를 위한 접안 시설을 만들고, 수탈을 목적으로 포항과 구룡포 간 도로 건설에 힘을 기울였다. 물론 한국인들이 강제 노역에 동원되었다.

5년 사이에 일어난 일이지만 이렇게 연도별로 나열해 보면 누군가가 치밀한 계획을 갖고 진행해 온 것 같은 느낌을 떨쳐버릴 수가 없다. 한 걸음 물러서서 각각 다른 사건들이었다고 하여도 모두 우리 지역 사람들이 그 피해자였으며, 일본인 때문에 벌어진 일인 것만은 확실하였다.

지역민들은 이런 아픈 역사적 사실을 기록하고 그 연유를 추적해 보아야 했건만 살기에 급급했던 것일까. 100년이 넘는 시간을 그냥 보내 버리고 말았다. 그러는 사이에 기록은 사라지고 기억은 희미해져 갔다. 조금 더 시간이 흐른다면 석성이 무너지고, 돌들이 흩어지듯이 우리 고장의 아픈 역사적 사실도 영영 사라져 버릴 것만 같았다.

그러나 역사는 확실한 근거와 사실에 따라야 하기 때문일까. 이런 급한 사정을 알면서도 하나의 사건으로 엮어서 기록하여 남길 엄두가 나지 않았다. 그래서 수년간 혼자서 끙끙대면서 묵혀 두고만 있었다.

그러다 어느 날 문득 그 노인이 들려준 이야기가 다시 되살아나기 시작하였다. 그 이야기를 따라 이야기 속에 등장하는 배경지를 하나

1907년 9월, 몰아친 태풍 중에도 쾌응환이 피항하지 않고 버티다 끝내 좌초된 고석초에 세워진 무인 등대. 이를 빌미로 일본이 요구한 손해 배상으로 호미곶 등대가 세워졌다. 근처에 영해 표지석도 볼 수 있다.

하나 밟아나갔다. 도가와의 비, 1913년에 건립된 신사와 본원사, 해봉사[명월암], 호미곶 등대, 고금산, 고석초, 가이요 마루 조난기념비 등, 없다고 여겼던 근거와 사실이 그대로 살아있었다. 이들이 들려주는 말 없는 말에 따라 이야기를 엮어나갔다. 그것이 바로 졸저, 『조선의 마지막 군마』이다. 역사 기술이 아니기 때문에 자료가 빈 부분은 상상력으로 메워가면서 하나의 사건으로 구성할 수 있었다. 책이 나오자 많은 사람들이 군마 사육장 석성처럼 무너진 우리 고장의 작은 역사 복원에 기뻐하며 관심을 가져 주었다. 나 역시 20년을 묵혀 두었던 숙제를 해결한 기분이었다.

그 후 해마다 봄, 가을 한 차례씩 군마목장성길에 오르곤 한다. 책을 읽은 뒤 문학기행을 나선 단체나 개인이 안내를 부탁해 오면 망설이지 않고 석성을 따라 목장성길에 오른다. 석성을 따라 천천히 발산 봉수대까지 올라가면 이제는 예전과 달리 석성을 따라 말끔히 길도 닦여져 있다. 많은 사람들이 목장성의 보호를 서둘러야 한다고 입을 모은 결과다. 나는 산에 오를 때마다 석성의 돌을 가만히 만져보곤 한다. 함께 가는 사람들에게도 이를 권한다. 차가운 돌이 아니라 자신이 맡은 말이 도망가지 못하게 하나하나 힘겹게 쌓아올렸을 목부들의 체온과 땀과 눈물을 느끼기 위함이다.

봉수대 정자에 올라서면 멀리 산 아래로 구룡포와 호미곶 앞바다가 보인다. 북쪽으로는 영일만항이 푸른 바다 위에 떠 있다. 모든 일에는 때가 있다는 생각을 할 때가 많다. 장기목장성에 대한 관심도 이제 그 때가 된 것이라고 생각한다. 내려오면서 또 다른 돌덩이 하나를 다시 쓰다듬곤 한다. 전혀 차가움이 느껴지지 않았다. 2천 년 가까운 세월을 견뎌온 목부들의 피가 다시 살아나서 맥박치는 것만 같아서 한참 동안 그렇게 있곤 한다.

장기목장성에 대한 축성이나 보수의 기록이 없는 것으로 보아서 국가적인 사업으로 축성한 것은 아닌 것 같다. 또 말 사육의 방식이 개인별 분양에 의존했다는 사실은 대규모의 목장을 관리 운영한 것은 아니었을 것으로 짐작하게 한다. 그러므로 석성 역시 국가에서 쌓았다기보다 목부들이 자기네들의 필요에 의하여 하나씩 쌓았을 것으로 생각된다. 그러므로 돌 하나하나에는 목부들의 피와 땀과 시간이 함께 쌓여

1906년에 군마목장이 폐목된 이후 100여 년이 지났다. 지역민의 관심이 사라지면서 목장성이 허물어져 가고 있다.

있다고 해도 지나친 말이 아니다. 아울러 우리 지역은 역사 속에서 변방이 아니라 군마를 길러내어 국방의 중요한 몫을 담당했던 곳이라는 사실을 새삼 느껴본다. 이는 이 지역에서 오늘을 살아가는 우리에게 자긍심을 일깨워 주기에 충분하다고 생각한다.

비록 늦었으나 잊었던 우리의 것을 알게 된 것은 참으로 다행스런 일이다. 아울러 석성은 우리에게 일제가 우리 지역에서 저지른 만행을 기억하고 경계하라는 무언의 가르침을 주고 있는 것만 같아서 더욱 소중하게 느껴진다. 예전 장기현은 그 관할 지역이 호미곶에서 양북, 양남까지, 그야말로 말갈기처럼 길게 이어졌다는 사실은 이 고장과 이 땅에 살았던 조상들이 바로 외적을 막는 성이었음을 알려주고 있다. 즉 바람찬 갯가 천한 지역이 아니라 몸 바쳐 나라를 지켜온 국방의 보루였다는 사실을 새삼 깨닫게 된다.

아직 지역의 많은 자료와 이야기들이 자신이 가진 역사적 의미를 들어달라면서 소리치고 있다. 우리의 귀가 그 소리를 담아내지 못하는 게 안타깝기만 하다.

괴동역 기찻길
— 성장의 이면에서 흘린 노동자들의 땀과 눈물

김철식 | 한국학중앙연구원 사회과학부 교수

포항에는 괴동역이 있다

2015년 고속열차 KTX가 도입되면서 포항의 철도 교통 환경은 크게 변화했다. 새로운 철길이 생기고 종착역으로서 포항역이 도시 외곽에 번듯하게 만들어졌다. KTX를 중심으로 포항의 철도 교통이 재편됨에 따라 그간 포항시민들이 애용했던 기존의 포항역은 폐쇄되었다. 열차가 다니지 않는 효자역에서 구 포항역까지의 철길은 이제 시민들이 휴식공간이 되었다.

도심을 왕래하는 여객열차길은 끊겼지만, 놀랍게도 화물열차길은 아직 도심에 살아남았다. 효자역에서 철강공단으로 이어지는 이른바 '괴동선' 선로 위로 오늘도 열차들이 열심히 지나다닌다. 부지런한 열차들의 운행 끝에 괴동역이 있다.

포항의 철강을 전국으로 연결해주는 한국 산업화의 모세혈관

괴동역은 한국의 산업화를 이끈 포스코 및 포항철강공단의 역사와 궤를 같이한다. 포항제철^{현 포스코}과 철강공단 조성이 계획되던 1968년에 효자역에서 괴동역까지의 괴동선 철길이 만들어졌다. 1970년에는 괴동역에서 포항제철로 들어가는 포항종합제철전용선이 부설되었다. 이후 한일시멘트선, 강원산업선, 종합제철선 등이 부설되었다.

괴동역은 포항철강공단을 들고나는 화물을 취급하는 역이다. 열차의 해방과 조성을 담당하는 입환기관차가 움직이고 있다.

괴동선 철길을 통해 철강공단의 화물이 처리되었다. 공장 건설과 철강 생산을 위해 필요한 원자재들이 열차에 실려 괴동선을 타고 공단으로 유입되었다. 공단에서 생산된 철강 제품들은 다시 괴동역에서 열차에 실려 전국각지로 보내졌다.

1975년부터는 화물열차뿐만 아니라 여객열차도 운행했다. 철강공단에 근무하는 노동자들이 통근열차에 실려 괴동선을 타고 공단으로 출퇴근했다. 괴동역은 포항철강공단에 사람과 물자를 공급하고, 생산물을 전국에 배분함으로써 각 지역의 산업발전을 촉진하는, 한국 산업화의 모세혈관으로 기능했다.

괴동역의 강렬한 기억

서울에 살던 필자가 괴동역을 알게 된 것은 2000년대 초반이었다. 당시 필자는 2개 근무조가 24시간씩 맞교대로 근무하던 철도 노동자들의 교대근무 시스템을 변경하는 방안을 마련하는 연구프로젝트에 연구원으로 참여했다. 프로젝트에서 필자는 철도와 관련된 많은 업무들 중에서 철도역에서 수행되는 업무인 '역무' 분야를 담당했다. 역의 업무와 실태를 파악하기 위해 가능한 한 많은 역을 방문하여 현장조사를 수행하는 것이 필요했고, 실제 몇 달에 걸쳐 전국의 100여 개의 역을 직접 방문하여 조사를 수행했다.

교대근무 시스템 변경을 설계하는 것은 철도 노동자들의 업무량, 그리고 인원 배치와 직결되는 문제다. 그런 만큼 필자가 방문한 역들마다 현장의 역무원들은 큰 관심을 보였다. 역무원들은 자신이 근무하는

1971년 영업을 시작한 괴동역 모습. 현재의 역사건물은 1983년에 세워졌다.

역의 업무량이 얼마나 많은지, 업무가 얼마나 힘든지를 필자를 비롯한
연구팀원들에게 열심히 호소하곤 했다. 그런데... 포항역의 노동자들은
그런 호소를 하지 않았다. 아니 못했다. 사실 포항역에서는 한사람 인터
뷰하기가 너무 힘들었다. 당시 포항역을 방문한 것이 일요일이었는데,
그날 외지에서 온 관광객들이 역사를 가득 채우고 있었다. 그러다 보니
포항역의 역무원들은 너무 바빴다. 인터뷰할 틈을 내지 못했다. 열일 제
쳐놓고 와서 얼마나 업무량이 많은지를 호소하던 역들과 달리, 포항역
은 정말 너무 바빠서, 바쁘다는 말조차도 할 틈이 없었다.

　　포항역에서 그런 인상적인 경험을 한 다음 찾아간 괴동역. 사실
포항을 방문할 때까지 그런 역이 있는 줄도 몰랐다. 출퇴근 시의 통근
열차를 제외하면 화물열차만 운행할 뿐 여객열차는 운행하지 않는 역

제1부 포항에서 길을 찾다

이었다.[1] 관계자들을 제외하면 사람들이 접할 수 없는 곳에 괴동역이 있었다.

그런 외딴 곳, 사람들의 시선이 미치지 않는 곳에서 펼쳐지는 역의 이색적 풍경은 강산이 거의 두 번 바뀔 시간이 지난 지금도 잊을 수 없는 기억으로 생생하게 남아있다. 여기저기 쌓여있는 무연탄, 철강, 각종 원자재들과 장비들. 그 사이를 비집고 돌아다니는 열차들과, 거기에 매달려 열차의 이동을 유도하고, 각각의 화물객차들을 분리하거나 연결하는 철도 노동자들. 그 위로 무미건조하게 펼쳐진 잿빛 하늘.

노동자들은 모두 얼굴을 가린 채 고글을 쓰고 있었다. 철강을 적재하고 운송하는 곳이다 보니, 철가루들이 바람에 날린다고, 그것들이 얼굴을 다치게 한다고, 그래서 얼굴을 가려야 한다고 노동자들은 이야기했다.

산업화를 일군 노동자들의 땀과 눈물

원자재를 실은 열차들이 역으로 들어오고, 철강을 실은 열차들은 부지런히 역을 빠져나갔다. 산업화의 혈류를 원활히 운행하기 위해 노동자들은 위험을 무릅쓰고 일했다. 다치지 않기 위해 얼굴을 감싸야 할 정도의 열악한 작업환경을 노동자들은 묵묵히 감내하고 있었다.

---

1 통근열차 또한 2005년부터 운행을 중단한 상태다.

괴동역 내 선로 주변에 널려있는 각종 자재들

한국의 급속한 산업화와 경제성장의 이면에는 이렇게 열악하고 위험한 환경에서 흘린 노동자들의 피땀과 눈물이 있었다. '산업화의 역군'이란 아름다운 수사로만 남길 수 없는 노동자들의 희생이 있었다. 아니 노동자들의 희생은 지금도 여전히 진행 중이다.

폐쇄 위기의 괴동역

옛 포항역으로 이어지는 여객열차길이 폐쇄된 것처럼, 괴동역과 괴동선 화물열차길도 폐쇄 위기다. 실제로 지난 2020년 총선에 출마한 한 후보는 효자역~괴동역 간의 괴동선 철길을 폐기하고 공원화하겠다는 공약을 제시한 바 있다. 조만간 괴동역과 괴동선은 폐쇄될지도 모른다.

　역은 폐쇄될지도 모르겠지만, 역에서 피땀을 흘렸던 노동자들의 희생은 기억되어야 할 것 같다. 희생이 기억된다는 것은 기념물이나 추억의 공간을 마련하는 것일 수 있겠지만, 보다 진정한 기억은 지금의 노동자들의 작업환경이 개선되는 것을 의미할 것이다. 1인당 국민소득 3만불의 국가에서, 그것에 걸맞게 작업환경이 개선되고, 그래서 사람들이 위험부담 없이 일할 수 있는 세상이 만들어지길 기대해 본다.

우암과 다산의 장기 유배길
─ 삶이 힘들 때 걸어보는 사색의 공간

이상준 | 포항문화원 부원장

유 3,000리 유배지, 장기

조선 시대 벼슬을 한 사람 중 역사책에 이름 석 자 올린 인물치고 귀양살이 한번 안 해본 이는 별로 없다. 아닌 게 아니라 『조선왕조실록』에 여러 번 이름이 오른 인물치고 삭탈관작削奪官爵 당하고 한양 바닥을 떠나본 적이 없는 이는 찾아보기 어렵다. 유배라는 형벌이 원래 정치적 박해에서 비롯된 것이기 때문일 것이다.

정치적 이유로 죄인이란 누명을 뒤집어쓰고 천애원지天涯遠地로 유배를 간 사람들에게는 그 죄를 강요한 권력이 부당한 경우가 더 많았을 것이다. 이 때문에 많은 사람이 유배지에서 남다른 감회를 느끼고, 억울함을 글로 쓰고 시대적 상황을 되새기곤 했다.

그리하여 유배인들이 머물다 간 자리에는 역사와 문화, 그리고 극적인 이야기가 남아있다. 비록 그들이 머문 유배지는 한 선비에게는 말 못 할 고통의 장소였겠지만 또 다른 측면에서 보면 문학의 산실이자 더 높은 문화의 보급 장소이기도 했다. 덤으로 이들이 지역에 남긴 음영들은 때로는 인생의 격랑을 헤치고 나가려는 사람들에게 새로운 감동과 교훈을 줄 수가 있다.

경상도 동해안 지역인 장기長鬐는 한양에서 '유삼천리流三千里'빈해瀕海 지역에 해당하는 곳이었기에 조선 내내 유배지로 자주 활용되었다. 우암 송시열尤庵 宋時烈과 다산 정약용茶山 丁若鏞 같은 석학들을 비롯하여 조선조 500년 동안 220여 명의 유배객이 장기를 거쳐 갔다. 경성에서 860리, 이들이 온 유배길은 영남대로를 따라 하루 95리를 걸어야 9일 반 만에 도착할 수 있는 멀고도 험난한 길이었다.

조선시대 영남대로를 따라 난 경상도 장기 유배길

우암 송시열의 사색의 길이 장기에 있다

　장기읍성 동문에 올라서면 저 위로 산 능선에서 흘러내린 성곽이 마치 꾸물거리는 뱀의 몸통처럼 아래쪽을 향하여 움직이는 것 같다. 이곳에 구한말까지 장기현의 치소가 있었다. 현청의 동문에는 조해루란 누각이 있어서 여기서 보는 일출은 조선십경 중 하나로 꼽힐 정도로 유명했다고 한다. 이를 증명이라도 하듯 성곽 위에 배일대拜日臺라 적힌 바위가 동쪽 바다를 보고 앉아있다. 장기 현감이 매년 정월 초하룻날 조정의 임금을 대신해서 해맞이했다고 전해오는 유물이다. 다산도 이곳에서 〈동문에서 해 뜨는 것을 바라보며〉라는 시를 지어 전한다.

　성곽을 타고 남문 터에 올라서면 저 아래 현내뜰과 신창리 바닷가, 그리고 고개 넘어 양포항이 시야를 확 트이게 한다. 동남쪽 계원리 복길봉수와 동북쪽 모포리 뇌성산 봉수대가 기하학적으로 읍성과 연결된다. 유사시 바다로부터 침입하는 적들을 대비했던 선조들의 지혜가 이 성의 입지를 결정했을지도 모른다. 여기서 보면 장기면의 전체 입지는 3면이 육지이고 1면이 바다에 인접해 있는 연해沿海 고을임을 실감할 수 있다.

　우암 송시열과 장기의 인연은 어땠을까. 우암은 1674년 효종비의 상으로 인한 제2차 예송에서 그의 예론을 추종한 서인들이 패배하자 예를 그르친 죄로 파직, 삭출되었다. 이 사건으로 그는 1675년 정월 함경도 덕원德源으로 유배되었다가 5개월 후인 그해 6월 10일 윤휴가 조사기·이무 등과 함께 우암을 원악지遠惡地로 옮기기를 청하여 다시 장기

우암과 다산의 유배지 장기초등학교 교정에 나란히 선 유적비. 우암이 심었다
는 은행나무도 바로 옆에 있다.

로 유배지를 옮기게 되었다.

　장기에 도착한 우암은 장기성 동문 밖 마산리^{마현리} 사인土人 오도
전 집에 위리안치되었다. 그로부터 1679년 4월 10일 거제도로 귀양살
이를 옮기기까지 우암은 4년여간 이곳 사람들과 호흡을 같이하며 살았
다. 장기에 있는 동안 우암은 읍성 주변을 거닐며 사색하고, 길등재를
넘어 찾아온 각지의 선비들과 토론을 하는가 하면, 캄캄한 장기 숲속을
거닐며 지나온 삶들을 되돌아보았다. 조선조의 관리나 지식인들은 유
배지에서 학문적 업적을 쌓는 일이 많았다. 이황과 이이는 물론이고 정
약용과 박세당 등의 실학자들도 마찬가지였다. 4년간의 장기현 유배 생
활 중에 많은 사색을 한 우암은 수많은 저작을 이곳에서 집필했다. 우

암의 장기 귀양지에는 수백 권의 서책이 비치되어 있었고, 독서를 하는 여가에 시를 짓기도 했는데, 이들 원고를 하나도 버리지 않고 상자 속에 고이 간직했다. 『주자대전차의朱子大全箚疑』, 『이정서분류二程書分類』라는 명저뿐 아니라 1675년 6월에는 〈취성도聚星圖〉 제작을 시작했다. 또한, 이곳에서 문충공 포은 정선생 신도비문 외에 300수 내외의 시와 글을 지어 다양한 심회를 형상화했다.

시대의 거물인 우암이 장기에서 4년간 머물렀다는 것은 장기뿐만 아니라 영남지역 전체에 엄청난 충격과 파급효과를 낳았다. 한양에서부터 무수한 고관들과 학자들이 장기까지 찾아와서 우암에게 문안을 올렸던 것은 물론이고, 그에게 학업을 전수받기를 간청했다. 우암과 그 후학들의 영향으로 학문을 숭상하고 충절과 예의를 중시하는 문화풍토가 지역 곳곳에서 조성되었다고 해도 결코 넘치는 말은 아닐 것이다.

삶이 힘들 때는 다산 정약용에게 배울 것

우암이 장기를 떠난 지 126년 지난 무렵, 다산이 장기로 유배를 왔다. 다산의 18년 유배 생활의 시작지가 바로 장기현이다. 다산에게 있어서는 삶과 죽음이 오가는 첫 유배지가 바로 이곳이다. 다산은 1801년 1월 19일에 터진 신유박해 사건에 연루되어 1801년 2월 27일 장기현으로 유배가 결정되었다. 그해 3월 9일 장기에 도착한 다산은 읍성 객관에서 하룻밤을 보낸다. 다음 날 저녁 무렵 관리에게 인솔된 다산은 장기읍성 동문으로 나와 마현리 구석골 성선봉成善封의 집에 도착해 그곳을 거처로 삼았다.

당시 다산이 관리를 따라 나왔던 동문은 지금 장기읍성으로 들어가는 입구이고, 〈조해루〉가 있던 곳이다. 그때 다산이 걸어 내려온 길은 지금도 남아있다. 황사영 백서사건 연루 의혹으로 그해 10월 20일 다시 서울로 압송되기까지 다산은 7개월 10일^{220일} 동안 장기에서 머물렀다.

장기에 온 다산은 틈나는 대로 장기읍성의 동문에 올라 해돋이를 구경하거나 가까운 신창리 앞바다에 나가 어부들이 고기 잡는 걸 구경하기도 했다. 마을 사람들이 보리타작하는 것을 보기도 하고, 담배 농사 짓는 것을 지켜보기도 했다. 바닷가에 갔을 때는 처음으로 해녀의 물질을 구경했으며 오징어와 물고기를 보고 험한 정계에 뛰어들어 몇 번이고 죽을 고비를 넘기다가 간신히 목숨을 부지해 살면서 고향을 그리워하는 자신의 처지를 은유하기도 했다. 당시에는 장기천을 따라 신창리 바다 쪽으로 10리 길이의 장기 숲이 펼쳐져 있었다. 다산은 그 숲길을 걸으면서 자신의 초라한 모습을 시를 통해 표출하기도 했다.

다산은 비록 유배자의 신분으로 장기에 머물렀지만, 결코 유배지의 한을 좌절과 절망으로 보내지 않았다. 가장 불행한 역경에서도 불굴의 투지와 학문연구, 시작에 전념하여 '기성잡시 27수', '장기농가 10장' 등 60제題 180여 수에 달하는 주옥같은 시를 창작했다. 효종이 죽은 해, 효종의 복상문제로 일어난 서인과 남인의 예론禮論 시비를 가린 『기해방예변己亥邦禮辨』, 한자 발달사에 관한 저술인 『삼창고훈』, 한자 자전류인 『이아술爾雅述』 6권, 불쌍한 농어민의 질병 치료에 도움을 주는 『촌병혹치村病惑治』 등의

다산이 걸었던 애민의 길

저술도 이곳에서 남겼다.

다산은 장기에서 시와 저술 활동만 한 게 아니었다. 실학자답게 어부들이 칡넝쿨을 쪼개 만든 그물로 고기를 놓쳐 버리는 것을 보고 무명과 명주실로 그물을 만들 것을 권고하고 부식을 방지하기 위해 소나무 삶은 물에 그물을 담갔다가 사용할 것을 가르치기도 했다. 또 개천에 보를 만들어 가뭄에 대비하는 방법도 전수했다고 한다.

다산은 벼슬길에 있던 때보다도 벼슬에서 멀어졌을 때 더 큰 이룸이 있었다. 다산의 삶에는 인생의 깨달음이 성공보다 실패에서 비롯되는 경우가 더 많다는 교훈이 서려 있다 하겠다.

장기유배문화체험촌으로 거듭나다

　　우암 송시열의 유학에 기한 정치 소신과 다산 정약용의 실학 및 애민사상은 장기고을을 학문과 교육, 효와 충과 예가 실천으로 역동하는 고을로 이끄는 데 일조를 했다.

　　오늘날의 장기는 어떤가. 그렇게 아팠던 전 시대의 유배역사를 수용하고 이어 쌓으며 새로운 기질과 문화를 생성시켜내고 있다. 유배문화에 대한 지역민들의 생각과 그를 재현하려는 노력은 장기유배문화체험촌이라는 결과물로 재현되었다. 앞으로 이 공간은 유배와 문학에 대한 종합적인 지식, 정보습득의 전문공간으로 거듭날 것이다. 이는 장기유배문화체험촌을 찾는 사람들의 숫자와 호응도로 널리 예견할 수 있다. 우암과 다산의 장기 유배길은 장기유배문화체험촌과 연계하여 자기성찰과 기회를 제공하고 삶의 활력을 되찾게 하는 특별한 사색의 공간으로 다가오고 있다.

장기유배문화체험촌 전경

의인醫人 김종원의 길
— 선린善隣의 발자취를 따라서

구자현 | 좋은선린병원장

하나님은 고치시고 우리는 봉사한다

선린善隣이란 성경에 나오는 선한 사마리아인을 뜻하는 말이다. 평생을 사랑과 헌신으로 진정한 의료인의 삶을 살았던 선린병원 설립자이신 故 김종원 초대원장의 일생과 그의 분신인 선린병원의 역사를 따라가며 한 사람의 의사로서 걸어온 길을 되짚어보고 그의 길이 우리에게 주는 묵직한 울림을 살펴보려 한다.

6·25 전쟁은 국토 곳곳에 깊은 상흔을 남겼다. 특히, 포항은 시가지 전체가 초토화가 되었을 정도로 격전을 치렀으며, 그 전쟁의 피해와 후유증은 아주 깊었다. 전쟁의 후유증으로 수많은 전쟁 이재민과 전쟁 고아들이 배고픔과 치료 한번 받아보지 못하고 죽어가는 참상이 곳곳에서 벌어지고 있었다.

당시 미 해병단 33연대 군목실에 근무하던 김성호 목사의 간곡한 부탁과 노력으로 1953년 6월 5일, 포항시 동빈로 1가 64에 위치한 적산

가옥을 구입하여 진료소 건물로 사용할 수 있게 되었다. 진료소 운영비는 미 해병대 채플 헌금으로 지원을 받게 되면서 현 선린병원의 모태가 된 '미 해병 기념 소아진료소'를 개원하고 그 역사가 시작되었다. 이 당시 진료소는 일반 환자들은 진료하지 않고 고아와 임산부들만 무료로 진료를 받을 수 있었는데 특별히 유아와 임산부 진료에 역점을 두었다.

당시 진료소 직원은 김종원 원장을 포함하여 모두 네 사람이었다. 당시 포항에는 4곳의 고아원에 400여 명의 고아들이 있었는데 처음에는 선린고아원^{현 선린 애육원}을 주로 진료하다가 포항 인근 흥해애육원, 카톨릭애육원의 아이들을 위해서도 진료하였다. 그뿐만 아니라 임산부들에게는 우리나라에서 최초로 '모자보건법'을 적용하여 출산 때까지 한 달에 한 차례씩 무료로 진료하였으며 어머니 교실도 운영하여 구호물자를 배급하였다.

앞서 소개한 김종원 원장은 평안북도 초산군 초산면 출신으로 평양의전을 졸업하고 소아과를 택하였다. 이후 평양의전 부속병원에서 전문의로 근무하였는데 해방 이후 공산정권이 들어서면서 부친이 지주라는 이유로 핍박받다가 압록강 근처의 강계라는 곳으로 강제 이주하게 된다.

김종원 원장은 1947년 9월 4일, 허위진단서를 발급하여 반동분자들을 월남시켰다는 죄명으로 투옥된다. 누구보다도 해방을 소망했던 그는 수인번호 37번을 달고 모진 고문을 받는다. 최소 형기가 25년이고 아니면 죽음뿐이라는 절망적인 상황에서, 해방 후 북한에 공산당 조직이 결성될 때, 모스크바대학의 교수인 유성훈이라는 이가 소련의 군사고문 자격으로 북에 오게 된다. 그의 열두 살 난 아들이 결핵성 뇌막염을 앓고 있었는데 김종원 원장의 치료로 완치가 되었다. 그 고마움을 갖고 있던 유성훈은 반동분자로 몰린 김종원 원장의 가족을 방문하였고 그가 체포된 것을 알게 되어 손을 써서 그가 석방될 수 있게 도왔다.

이후 전쟁이 발발하고 1951년, 1·4 후퇴 때 세 아들을 북에 남겨둔 채 김종원 원장은 월남하게 된다. 이후 대구 동산병원^{현 계명대학교 의과대학}에서 3년간 소아과 의사로 근무하던 중 포항에 있던 5촌 고모댁을 방문하게 되었고 이후 숙명적으로 포항과의 인연이 시작된다. 1988년에 원장직을 산부인과 전문의 이종학 선생에게 물려주기 전까지, 1962년 당시 15병실 30병상 4개 과에 불과하던 병원을 경북지역에서 가장 규모가 큰 병원으로 변모시켰고 1983년에는 공립이던 포항간호전문대학^{현 선린대학}을 인수하는 등 괄목할만한 병원의 발전을 이루었다.

휴전이 협정되고 미군이 철수할 즈음, 더이상 미군의 지원과 원조를 기대할 수 없었던 미 해병대 기념 진료소는 의약품과 구호품을 구할 길이 막막해졌다. 이제부터는 진료소 스스로가 자립하여야 했기에 무료진료가 아닌 일반진료를 생각하지 않을 수 없었고 마침내 1960년 6월 10일에 선린의원이, 1962년 8월에는 포항시 동빈로 1가 69-1에 재단법인 선린병원이 개원하게 된다.

미 해병 기념 소아진료소 개소와 선린의원 개원을 한 이후 24년 동안 포항 시민들의 건강과 보건 향상을 위해 불철주야 진료에 매진해오다 1977년 12월 10일 대신동 69-7에 병원을 신축하고 이전하여 대신동 시대를 시작하게 된다. 이전 당시 내과, 소아과, 일반외과, 산부인과

1962년 8월, 소아과에서 시작하여 내과, 산부인과, 외과 등으로 과가 증설되면서 '선린
의원'에서 '선린병원'으로 명칭이 바뀌었다.

의 4개 과와 병상 규모는 50병상, 직원 수는 100여 명 정도였다. 이후
1978년 5월 17일에 의료기관 개설 변경 허가를 받아 정형외과, 신경외
과 등 2개 과가 증설되어 6개 진료과, 78병상 규모로 늘어났고 본격적
인 의료기관으로 성장, 발전하게 된다.

　　1978년 11월 16일에 인턴 수련병원으로, 1986년 9월 8일에는 레
지던트 수련기관으로 지정되어 의과대학이 없는 포항 및 인근 지역에
의사 및 의료인력과 의료기관들을 공급하는 허브로 자리 잡게 된다. 현
재 포항 및 인근의 경주, 안강 등지에는 선린병원을 거쳐 간 수많은 의

1995년 3월, 본관 준공 후 병원 전경(지하 1층, 지상 10층)

사들이 종합병원 및 개업의로서 지역주민들에게 공백 없는 양질의 의료를 제공하고 있다.

선린병원은 앞서 살펴본 것처럼 1953년 이후 긴 세월 동안 포항지역에서 양질의 의료와 봉사를 위해 노력해 왔다. 본업인 진료 외에 교육 사업에도 소명을 가지고 지역 내 부족한 의료 인력의 배출을 위해 1983년 포항간호전문대를 인수하였는데, 1988년엔 선린간호전문대에서 선린여자전문대학으로, 1993년엔 남녀공학인 선린전문대학으로, 그리고 현재는 선린대학으로 이름이 바뀌게 된다.

1992년 6월 5일, 대신동 69-8번지에 지하 1층, 지상 3층에 병원을 신축한 뒤, 1994년 1월 3일에 시험관 아기 시술에 성공하였고, 1993년 9월 10일에는 경북지역 최초로 심장병 수술에도 성공하였다. 이로써 명실상부한 경북 최대, 최고의 병원으로 거듭나게 된다. 1995년 3월 30일, 지상 10층으로 2차 증축하게 되고 510병상의 대형병원으로 도약하게 되었다.

이 시기 필자는 20대 초보 의사로 선린병원에서 근무를 시작하였는데, 잠이 절대적으로 부족했고, 1년 365일의 대부분을 좁은 당직실에서 지냈다. 삐걱거리는 이층 철제 침대와 전자파 가득한 전기장판이 필자의 20대 후반 기억의 대부분이다. 7번 국도 옆에 위치한 탓에 매일 발생하는 심각한 교통사고 환자들과 대학병원에 가야할 정도의 중증 환자들로 밤마다 응급수술이 날이 새도록 있었다. 또한 대부분의 임산부들이 출산을 원하는 병원이라 우스갯소리로 포항 사람의 절반은 고향이 선린병원이라고도 했다.

선린병원은 최소한 포항에서 발생한 환자는 끝까지 책임져야 한다는 생각으로 여력이 되는 한 대구 등지의 대학병원으로 전원 보내지 않고 치료하였다. 대학병원 규모의 진료를 하면서 의사의 숫자는 모자라 당시 다들 과부하가 걸린 상태로 일했으며 한겨울에도 수술 후 잠깐 시간이 되면 수술복 그대로 슬리퍼 신은 채로 병원 근처에서 술 한 잔씩을 하고 눈 붙이러 가곤 했다. 다들 젊은 시절이라 유흥도 즐기고 싶어 삐삐가 어디까지 터지나 확인하고 다녔는데 필자의 기억으로는 포항시외버스터미널까지가 갈 수 있는 최후의 마지노선이었던 것 같다. 그렇게 힘들었지만 시간이 흘러 요즘에는 그때 수술했던 꼬마 친구들이 20, 30대 청년이 되어 진료실에서 만나곤 한다. 그럴 때면 너무 반갑고 외과 의사로서 내 선택이 틀리지 않았다는 확신을 갖게 된다.

선린병원의 설립자 김종원 협동원장

이후 확장과 발전을 거듭하던 중 재정 등 산재된 문제들이 해결되지 못하고 2017년 6월 2일에 의료법인 은성의료재단에 인수되어 '좋은 선린병원'으로 재개원하며 한 발 한 발 다시 역사를 쌓아가고 있다. 코로나 시대, 질병의 확산 방지와 예방을 위해 포항 내 종합병원으로서의 의무를 다하고 있다. 현재는 과거의 위상을 뛰어넘는 제2의 도약을 하기 위해 최선을 다하고 있다.

좋은 이웃善隣으로 동행하는 길

선린병원의 역사를 찬찬히 살펴보면 비단 의료에 국한된 것이 아니라 대한민국의 근현대사를 가로질러온 우리 아버지들의 역사를 알아볼 수 있다. 신의주부터 포항까지 이어지는 설립자 김종원 원장 한 개인의 길을 찬찬히 들여다보면 일제 치하와 광복, 6·25 전쟁, 가난과 기아에 고통받던 시대, 경제의 발전과 함께 점점 나아져가는 생활 여건과 의료 및 교육의 질적인 향상 등의 시대적 변화를 잘 이해할 수가 있다. 또한 앞으로 우리가 이루고 지켜야 할 역사를 생각해 보게 된다.

선린병원의 설립자이신 김종원 초대 원장이 걸어온 길을 찬찬히 살펴보면 당신의 길은 빗물 같은 길이 아니었을까 생각한다. 위에서 내리는 빗물은 도로나 인도, 흙길 어디에나 처음 닿는 곳부터 가장 낮은 곳으로 흘러들고 가득 차게 되면 다시 흘러넘쳐 더 멀리, 더 낮은 곳으로 흘러내려간다.

필자는 현재를 치열하게 보내고 있는 선린병원의 원장으로서 설립자가 이루어 놓은 훌륭한 유산을 어떻게 지켜내고 도약을 이뤄낼지, 그 책임의 무거움을 한시라도 잊지 않으려 한다. 의인醫人 김종원의 길을 따라서, 필자를 비롯해 선린병원의 의료인醫療人들은 포항 시민들의 좋은 이웃, '선린善隣'으로 동행하며 하루하루 나아가고자 한다.

꿈틀로,
우리들의 영원한 화양연화길

박경숙 | 박경숙아트연구소 대표

어린, 꿈틀로

중학교 시절, 일 년에 한두 번 있는 단체 문화교실 시간에 아카데미극장^{현 꿈틀로}에서 상영 중이던 〈부활〉이라는 영화를 관람했었다. 그때의 기억을 떠올릴 때면 지금도 웃음을 자아내게 하는 장면이 있다. 예절과 규율에 엄격한 학생부장 선생님께서 영사기 옆에 바짝 붙어 앉아 키스 장면이 나올 때마다 손으로 가리곤 했는데, 이 때문에 영화의 흐름을 제대로 이해하지 못한 채 관람이 끝나버렸다. 당시 어린 여학생들은 단발머리 길이와 속치마를 입었는지 가정교사 선생님에게 확인을 받던 시절이었다. 소녀들에게는 영화 구경은 물론 번화가를 가보는 것도 힘든 환경에서 문화교실 수업은 마음을 설레게 만들었다. 아카데미극장 주변을 기웃거리기도 하고 길거리 음식을 사 먹기도 하며 호기심을 채워 주는 기회이기도 했다. 가뜩이나 붐볐던 아카데미극장 주변은 중등학교마다 일 년에 한두 번 문화교실 수업을 진행하면

1963년의 청포도다방 전경(제1회 포항향미회 창립전)

서 밤송이 까까머리의 소년들과 단발머리 소녀들로 일 년 내내 발 디딜 틈도 없었다. 또한 삼삼오오 짝을 지어 죽도시장에 들러 튀김 간식을 먹으면서 바삭바삭한 추억도 많이 남겼다.

꿈틀로의 현 주소는 포항시 북구 중앙로 298번지이다. '중앙로'라는 호칭이 말해주듯 1960년대에서 1990년대까지 껌 좀 씹었던 센 언니, 오빠들이 활보하던 번화가였고, 순수한 언니, 오빠들은 이들과 거리를 두면서도 함께 어울리던 거리였다. 어느덧 이들은 중년의 나이를 훌쩍 넘어 대부분 황혼의 나이가 되었고 센 언니, 오빠들이 활보하던 거리는 조금씩 회색의 거리로 뒤덮이기 시작했다. 꿈틀로의 주변에는 근대기의 대표적 건축양식을 보여주는 포항시청 건물과 제일교회, 영일군청이 있었고, 죽도시장, 포항역, 동빈내항 등 포항의 역사성을 대표할 수 있는 명소들이 집중되어 있었다. 청포도, 보리수, 흑장미, 두꺼비 등의 상호명칭이 말해주듯 인문학을 피워내던 수많은 다방도 이 거리에 즐비했다. 또한 맛집과 세련된 상점, 병원, 호텔, 극장, 화랑, 유흥업소가 어우러져 경제도시의 심장이자 문화예술의 중심지 기능을 담당했다.

이처럼 꿈틀로는 나이 지긋한 어르신들이라면 젊은 시절 누구나 화양연화의 시기를 보냈던 곳이라 하겠다. 이후 도시가 팽창되고 아파트 건설 붐과 자동차 소유가 늘어나면서 회색의 분위기가 짙어졌다. 또한 2006년에 포항시청사가 대잠동으로 옮겨짐에 따라 도심 공동화도 급속도로 진행되었다. 이는 단순히 도심 공동화만의 문제가 아니라 포항 정신문화가 흩어지고 중심이 없는 포항이 되어 버리는 결과를 초래했다. 또한 근현대기 역사의 관문을 담당했던 포항역이 흥해로 옮겨짐에 따라 과거의 센 언니, 오빠들의 허망함은 이루 말할 수 없었고 정신적인 상처가 컸다. 급기야 포항시청 옛 건물과 포항역사가 허물어지자 과거의 센 언니, 오빠들은 엄청난 충격에 휩싸였다. 1970년대와 1980년대에 중등학교를 등하교하면서 아카데미극장에 상영될 그림들을 보며 성장한 필자로서는 포항의 문화 공동화 현상이 심각하게 느껴졌다. 근대기부터 지역민들의 화양연화 시기를 보냈던 '중앙로'가 더 이상 존재하지 않았기 때문이다. 2016년에 꿈틀로가 형성되기까지는…….

청춘, 그 이름은 꿈틀로

꿈틀로의 전성기는 포항문예 부흥기와 그 시작을 같이한다. 시작은 이육사의 「청포도」 시에서 비롯되었다. 이육사의 「청포도」 시가 없었다면 포항현대문화예술사의 시원이 성립되지 못했을 거라 짐작되는 만큼 「청포도」 시는 우리 지역으로서는 '지역성'과 '세계성'을 동시에 얻을 수 있는 자양분이자 자랑거리이다. 1950년대에서 1960대에 지역 1세대 문화운동가인 한흑구를 중심으로 박영달, 이명석, 김대정이 1952년, 중앙로에 문을 연 '청포도 다방'을 무대로 문화예술 르네상스를 일으켰다. 당시 '청포도 다방'은 결핍과 절망을 안고 살았던 지식인들에게 예술과 낭만이라는 분위기를 형성해 주어 문화예술인들이 결집하도록 만든 문화공간이었다. 즉, '꿈틀로'는 근대기 포항문화의 일번지였고 지역민들의 일상의 행복을 제공해 주는 중심지였다.

'청포도 다방'이 사라진 1970년대부터 꿈틀로에 밀집해 있던 수많은 다방이 그 역할을 대신했다. 우아한 한복 차림의 마담이 친절하게 엽차^{보리차}로 손님들을 맞이하던 다방도 있었고, 언니, 오빠들의 맞선 공간이자 미팅 장소 역할을 하던 카페 분위기의 다방도 있었다. 당시 다방은 멋쟁이 DJ가 노래를 틀어 주며 센 언니, 오빠들의 사연들을 주저리주저리 맺어주던 문화공간이었다. '두꺼비 다방'은 당시 전시 공간이 없었던 미술가들에게 오랫동안 발표의 장소를 제공해 주었고, 문인들이 담론을 형성하는 장소로도 인기가 많았다. 가장 번화가였던 아카데미극장 주변은 영화와 더불어 나훈아, 남진, 이미자, 문주란 등 인기 연

1978년경의 두꺼비다방

예인들의 쇼가 열리기도 하여 늘 번잡하였다.

맞은편에 위치한 중앙파출소[현 부엉이파출소]는 장발머리, 미니스커트, 통금시간 단속으로 놀 줄 알고 멋을 아는 언니 오빠들이 한 번쯤은 들렀던 곳인 만큼, 순경 아저씨들이 늘 정신없어 했다. 동아세탁소, 산촌식당, 포항이용소, 옛날할매떡볶이, 비목쌈밥, 포항호텔, 포항시민백화점, 제일소아과, 수화랑 등 수많은 업체들이 만들어낸 풍경들은 청춘들에게는 화양연화의 시기를 즐기는 무대가 되어 주었다. 또한 맨스타, 준 음악감상실, 레스토랑 장미의 숲, 태극당, 곰분식, 카페 올페, 양지다방, 카페 테비, 경양식레스토랑 빠뜨랭 등의 상가들은 1980년대 돈 없는 청년예술가들에게 후원자 역할도 하여 풍부한 인간의 향기를 느끼게 해주었다.

당시 상가마다 붙어 있던 2국으로 시작하는 지역 전화번호 네자리 숫자0-0000번는 단조로움과 정겨움을 느끼게 한다. 영화 '화양연화'에도 주인공 차우양조위와 리첸장만옥이 말없는 두 사람의 감정을 근대기 대표적인 문물인 다이얼 전화기를 통해 극대화하고 영화에 빠져들게 만들었다. 무겁고 둔탁한 다이얼 전화기를 사용하기 위해 연인들, 친구들은 눈치껏 순서를 기다렸고, 다이얼을 돌릴 때마다 들리는 정다운 소리와 함께 '뚜~'하는 신호가 울릴 때까지의 짧은 시간 동안 상대방의 마음을 잠시 헤아려 보는 두근거림과 기다림의 미학이 자아내는 추상적인 행복을 누렸다. 그래서 가장 아름다웠고 행복한 순간을 보냈던 과거의 지역 언니, 오빠들은 꿈틀로에서 보낸 두터운 추억의 앨범들을 하나씩 가지고 있다.

2021년 6월, 꿈틀로에 위치해 있는 '다락방미술관'에서 〈포항근대서단의 개척자, 우송 신대식展〉이 열렸다. 신대식은 '꿈틀로' 일대에 1950년대부터 1986년까지 제일소아과를 운영하며 '서예 문화'를 개척했다. 작품 외에는 그에 대한 아무런 아카이브 자료와 관련 스토리를 구하지 못했는데, 36년 만의 전시를 통하여 그와 관련된 이야기와 자료들, 연락이 되지 않던 가족들이 찾아왔다. 신대식이 결혼 주례를 해주었다는 사연, 어릴 때부터 진료를 받았다는 등 다양한 이야기들이 쏟아졌다. 그리고 시집간 후 한번도 '중앙로'에 와 본 적이 없었던 신대식의 70대 큰 여식은 시민제과와 우체국 등 꿈틀로에서 보낸 아버지와의 어린 시절을 추억하며 오랫동안 그 거리를 배회했다. 마치 '화양연화'의 차우와 리첸이 아련한 옛 연인을 잊지 못하여 추억어린 공간을 다시 찾은 것처럼…….

멈춤, 다시 바라본 꿈틀로

알렉산드르 게르첸은 "이 세상에서 아무 논란의 여지 없이 순수하게 좋고 선한 것은 여름날 날벼락처럼 찾아오는 개인적 행복과 예술뿐이다."라고 하였다. 현대인들은 틈새를 만들지 않으려는 완벽증에 가까운 삶에 충실하다가 어느 순간 멈춤에 이르게 된다. 내가 어디로 가고 있는가에 대한 답을 찾기 위함이다. 이러한 시점은 대부분 중년이 되고 나서야 찾아온다. 느닷없이 찾아온 멈춤을 통해 삶을 반추해 보고 내면을 바라보게 된다. 곧 삶에 대한 본질적인 성찰이 시작되는 지점에 다다른다. 이럴 경우 대부분 자연스럽게 과거를 회상하게 되지만, 옛날은 다시 돌아갈 수 없고, 남은 세월들은 먼지가 되는 시간만 기다리고 있을 뿐이다. 그래서 과거에 대한 그리움과 지나온 길에 대한 회상은 늘 아련하고 슬프다. 어쩌면 멈춤이 진정한 행복이 시작되는 순간일지도 모른다.

우리 지역에서 빨강, 초록, 분홍색으로 채색되어 아름다웠던 대표적 거리가 1960년대부터 1990년대에 이르는 '중앙로'이다. 즉 지금의 '꿈틀로' 일대가 인문학적 스토리와 문화로 넘쳐나던 전성기의 공간이었다. 현재, 국내 많은 방송사에서는 지나쳐 버린 시대의 인물, 사건, 물

꿈틀로에서 열리고 있는 '298 놀장 아트마켓'

건 등에 열광적으로 관심을 보이고 있다. 멈춤에 다다를 때 비로소 보이는 것들을 문화로 재생산해내어 이 시대의 새로운 트렌드를 만들고 있다. 이러한 현상은 사라지는 것들에 대한 애착이 생기고 미처 몰랐던 과거의 가치에 대한 자각이 이루어졌다는 것을 의미한다. 그래서 무형의 자산, 아무것도 아닌 과거의 그 무엇도 소중하다는 것을 일깨워 주고 있고, 우리 것에 대한 소중함과 재생의 필요성에 대해서도 깨닫게 해 주고 있다. 왜냐하면 유한한 삶을 무한하게 이어 갈 수 있는 길은 우리가 걸어왔던 삶의 터전에서 얻을 수 있고, 그 가치가 녹아있을 때에만 영원한 행복의 길을 찾을 수 있기 때문이다.

　한 세월을 의미 있게 살아왔던 사람이나 사건과 장소들이 누군가에 의해 재창조되면 그 사람과 그 시대는 무한한 생명을 얻고 다음 세대에 전승된다. 이는 단순히 정신적 활동의 결과물로서 끝나는 것이 아니라 그 정신이 대대로 이어진다는 의미이다.

영화제작사와 방송사에서는 1960년대에서 1990년대의 문화예술·사회·정치사의 이야기를 영화와 TV 드라마로 많이 제작하고 있다. 시대적인 사건 뒤에 우리가 알지 못했던 비하인드 스토리가 주요한 내용을 이루고 있다. 특별한 영상효과도 없는 그러한 스토리에 우리가 빠져드는 이유는 그 스토리가 그 시대를 살아왔던 우리들이 놓치고 몰랐던, 사람 냄새가 나는 사연을 엮어서 만들어졌기 때문이다. 〈쎄시봉〉, 〈국제시장〉, 〈효자동 이발사〉, 〈써니〉, 〈응답하라 1988〉 등의 영화와 TV 연속극은 1960년대에서 1990년대의 인물, 사건, 환경, 장소를 불러내어 메마른 현대인들에게 감수성을 불러일으킨다. 이러한 창작물들은 현대인들에게 인내와 배려, 꿈과 희생이라는 시대적인 정신을 은유적으로 보여줌으로써 어떻게 살아가야 하는지를 제시하고 행복감을 제공해 준다.

고무적인 것은, 이 스토리들이 과거의 환경과 소재를 다루었음에도 요즘 젊은 세대에게도 받아들여진다는 점이다. 이는 아주 놀랍고 긍정적인 현상이다. 이러한 현상은 모든 문화장르에서 볼 수 있다. 트로트 가요는 하류의 대중음악으로 치부되었는데, 현재는 젊은 트로트 가수들이 방송계를 강타하고 있고, 임영웅은 이름처럼 트로트계의 영웅이 되었다. 노래 가사 속에 시대적인 환경을 보여 주고 있어, 한국의 문화와 역사가 젊은이들에게 자연스럽게 전승되고 있는 것은 참 기쁘고 좋은 현상이다.

우리 지역도 과거에 일어났던 소소한 일들과 정체성을 발굴하고 문화로 아름답게 승화시켜야 한다. 묻힐 수 있는 작은 이야기라도 훗날에 어떠한 기회에, 어떠한 사람에게, 어떠한 울림을 만들어 낼 수 있는 자원을 제공해 줄 수 있고, 지역 문화예술사의 두께를 더하는 데 도움이 되기 때문이다. 그럼으로써 우리는 아주 먼 훗날, 그 이야기들을 감상하며 은근히 미소 짓는 기쁨을 누릴 수 있을 것이다. 그래서 과거 센언니, 오빠들이 화양연화의 시기를 보내었던 꿈틀로를 '다시 봄'으로 돌려놓아야 한다.

다시, 꿈틀로에서

꿈틀로는 '포항다움'과 포항시민의 주체성, 문화예술의 인문학적 가치와 역사성을 간직하고 있는 곳이다. 또한 그 시대에 살았던 평범한 사람들의 이야기와 일상을 담아내었던 곳이기에 가치가 있다. 특히 1970년대에서 1980년대에 이르기까지의 꿈틀로는 현대예술이 본격적으로 확산·활성화되었던 지역으로, 그 시기의 예술가들이 겪은 세월들은 우리 모두의 정서와 문화적 자원이 될 수 있다.

그렇다면 앞으로의 꿈틀로는 어떠해야 할 것인가? 당연한 답변이지만 21세기 우리시대의 삶과 예술을 담아내어 옛날 화양연화의 시기를 이어가야 한다. 수많은 스토리가 알알이 맺어 가고, 지역 현대예술이 꽃피고 향기를 내뿜던 꿈틀로에서 우리시대에 특성화된 문화거리가 재

꿈틀로의 부엉이 파출소

생되어야 한다. 최근 고무적인 일이라면, 꿈틀로가 생기가 감돌고 에너지가 넘치는 거리로 바뀌어 가고 있다는 점이다. 모 방송사에서 소개한 'The 신촌's 덮죽'과 '국수이야기' 등의 맛집으로 외부 사람들이 찾아오는 등, 그동안 아련해서 붙잡을 수 없을 것 같던 회청색 꿈틀로가 초록빛으로 물들어가고 있다.

빛바랜 추억들만 바람에 휘날리고 굶주린 고양이들이 꿈틀로 자리를 지키고 있을 때쯤의 어느 날, 중앙파출소가 변신을 하였다. 파출소 전경이 세련된 부엉이 모습으로 바뀌면서 사람들을 부엉이의 마음속으로 들락날락거리게 만들고 있다. 그 옛날 단속만 하던 파출소가 문화의 간판 역할을 하고 있고 꿈틀로 사람들을 보살피고 있는 것이다. 이름도

'부엉이 파출소'이다.

　금발의 청년들과 붉은 머리 빛깔의 아가씨들이 자주 보이고, 도자기와 그림과 각종 예술품을 만드는 사람들이 부산하게 오간다. 매월 마지막 토요일에는 '298 놀장 아트마켓'의 노란 파라솔 물결이 기분을 일렁이게 만들고 오색 풍선과 각종 아트상품, 이벤트 행사가 젊은 엄마, 아빠와 어린이들에게 재미를 선사하고 있다. '청포도 다방'에서는 세미나와 토론회, 전시회와 음악회 등으로 관심을 끌고 있고, 꿈틀로에 입주한 작가들의 개인 활동도 열정적이고 이색적이다. 덩달아 길고양이들도 신이 났다. 주민들과 입주한 작가들이 고양이들을 챙겨 주고 있기 때문이다.

　예전과는 너무나 다른 분위기이다. 꿈틀로의 빛바랜 흑백사진 속 한 귀퉁이에서 무지갯빛이 빠르게 번지고 있다. 오랫동안 비워둔 꽃밭에 씨를 뿌리고 물을 주니 그새 활짝 꽃이 피어났다. 짧은 시간 동안 이렇게 큰 변화를 가져왔다는 점에서 반가운 일이다. 일찍 먼지가 되어버린 센 언니, 오빠들은 아마도 하늘에서 얼굴에 화색이 돌 것이다. 그들의 무대가 새롭게 펼쳐졌으니. 지금, 이 시간에도 꿈틀로 사람들은 컬러풀한 젊은이들이 화양연화의 시기를 보낼 수 있도록 고민하고 궁리하고 연구하고 있다. 궁금해진다. 앞으로 어떠한 이야기로 꿈틀로의 풍경화를 그려 나갈지에 대해서……

　아마도, 디지털 세대가 만든 신기하고 새로운 볼거리들, 예술과 역사, 일상이 뒤섞인 매일매일이 꿈틀대는 거리가 되어 우리 마음속에 화양연화의 길로 영원히 이어나갈 것이다.

제2부

포항의 길을 이야기하다

덕동마을 숲길
— '자연을 통한 교육'을 회상하며

고우련

2016년 9월부터 코로나19가 대구에서 심하게 유행하기 시작했던 2020년 2월 말까지 나는 핀란드 '요앤수Joensuu, Finland'에서 교육심리학 전공으로 석박사 과정을 수학하고 있었다. 평균 키가 190cm인 핀란드 사람처럼 쭉쭉 뻗은 자작나무가 끝없이 펼쳐진 숲길을 통해 매일 등하교를 했다. 꽃이 피면 피는 대로, 눈이 오면 오는 대로 운치 있는 그 숲길은 매일 보아도 경이롭고 웅장했다. 그 길을 오가며 많은 생각을 했던 것 같은데, 그중 대부분이 '한국으로 가고 싶다'였다고 실토하려니 웃음이 난다. 그런데 더 우스운 것은 간사한 마음 탓에 한국에 오니 지겨울 정도로 평화로웠던 그 핀란드의 도시가—특히 상쾌한 공기를 늘 마실 수 있었던 그 숲길이—매우 그립다는 것이다.

내 고향 포항은 어촌 도시로 유명하지만 바다와 산이 풍성하게 어우러진 곳이다. 2006년에는 포항의 한 숲이 산림청, 생명의 숲, 유한킴벌리가 공동 주최한 '제7회 아름다운 숲 전국대회'에서 대상생명상에 선정됐다. 포항시 북구 기북면에 위치한 이 숲은 '덕 있는 사람이 많다'고

직접 찍은 핀란드의 계절별 숲길 사진

하여 이름 지어진 '덕동마을'로 마을 초입부터 숲길이 바로 시작된다. 마을을 둘러싼 숲의 규모가 엄청 크다고 할 순 없지만 우리나라의 다른 숲과 비교하여 특별한 점은 이 마을의 솔숲이 하나도 둘도 아닌 총 세 개의 숲^{정계숲, 도송숲, 송계숲}을 포용하고 있다는 것이다. 이 숲은 나의 두 번째 고향인 '요앤수'에 대한 그리움을 넘칠 만큼 채워주었다.

첫 만남부터 이 숲은 이상하리만큼 나에게 굉장히 따뜻한 느낌을 주었다. 숲길을 거닐면서 나는 이 장소와 내가 인연이 있다는 것을 알게 되었다. 기억하기로는 포항시 북구 기북면을 딱 한 번 와본 적이 있었다. 그때는 아빠와 함께 나무를 찾으러 다녔던 때였다. 나는 초등학교 3학년 여름부터 5학년 겨울까지 매 방학마다 프로젝트?를 수행했었다. 첫해, 아빠는 나와 동생을 데리고 우리 지역에 있는 특별한 나무들을

덕동마을 숲길

찾으러 다녔다. 우리가 찾던 나무는 보호수保護樹, 즉 국가가 보존 및 증식 가치가 있는 수목을 보호하기 위해 지정한 나무들고목 포함이었다.

　　포항시는 1982년부터 최근 2019년까지도 보호수를 지정해 왔다.[1] 처음 이 나무들을 찾으러 다녔던 1998년에는 포항시 북구에 총 41개의 보호수가 지정되어 있었고—뒤에서 말하겠지만 나의 보고서에 따르면

1　　포항시 푸른도시사업단 녹지과에서 작성한 보호수 대장 참고 (2021년 7월 현재, 담당자 이혜림 주무관님)

—이듬해 1월 겨울방학 때 우리는 홍해읍, 기계면, 기북면에서 11개의 나무를 찾았다. 그중 우리나라 유형문화재 제243호 정자인 용계정 옆에 있던 약 200년 된 보호수를 덕동마을 숲길에서 23년 만에 재회했다. 2011년부터 용계정과 덕동숲은 명승 81호로 지정되어 그 일대 나무 전체가 국가의 보살핌을 받고 있는데, 이 숲길에서 지나쳐 온 수많은 나무들 중 정확하게 이 나무를 기억할 수 있었던 것은 바로 비석 덕분이다. 왜냐하면

용계정 뜰 내 보호수인 암나무(와상). 1999년과 현재 비교 사진

거의 대부분의 보호수 앞에는 수종, 수령나무 나이, 나무 둘레, 보호수 지정 번호 및 일자, 소재지가 새겨진 비석이 세워져 있기 때문이다.

부모님 댁에 도착하자마자 책장에 꽂힌 '고우련 상장' 파일을 꺼내 들었다. 그 당시 교장선생님께서 주셨던 '방학 과제물 〈체험활동〉 부문 최우수 상장' 뒤에 나의 소중한 '체험학습활동 보고서'가 있었다. 보호수, 화석, 호미곶, 유적지, 제주 문주란 자생지와 관련하여 만든 5~6개의 파일 중, 표지를 보자마자 이것이 오늘 만난 그 나무 사진이 포함된 보고서라는 것을 바로 알 수 있었다. 여기에는 방금 본 나무를 포함하여 총 11그루의 보호수에 대해 10살의 내가 보고 기록한 내용들이 채워

져 있었다.

　며칠 뒤 그곳에 또 갔다. 천천히 여유를 가지고 숲길을 걸으니 여러 추억과 생각이 떠올랐다. 보호수를 다시 만난 반가움부터 예전에 이 덕동마을 숲길에서 사진을 찍던 아빠, 동생 그리고 내 모습까지 기억해 보려고 애썼다. 그러다가 아이를 동반한 가족들이 숲에서 놀면서 즐기고 있는 모습을 보고 있자니 핀란드 숲길에서 흔하게 봤던, 줄지어 걸어가는 어린이집 유아들, 무언가를 열심히 하고 있던 초등학생, 중학생들의 모습이 생각났다. 핀란드에 간 첫 학기에는 오전 시간에 학생들이 숲에 있다는 것을 의아하게 생각했지만, 얼마 지나지 않아 숲이 학생들의 학교이자 교실이었음을 깨달은 사실도 떠올랐다.

　애은당 고택, 사우정 고택, 회나무 우물을 돌아 주차장보다 더 밑으로 걷다 보니 '포항전통문화체험관'이 나타났다. 이 건물은 1992년에 폐교한 덕동초등학교를 2009년부터 2014년까지 재건축한 것이다. 마을 규모와 비교했을 때 체험관은 작은 한옥 몇 채가 있는 수준이 아니었다. 음식, 교육, 문화관, 그리고 20명 이상 단체 체험 및 숙박도 가능할 만큼 건물과 일대 부지가 드넓었다. 입구에 들어서자마자 느낀 것은 한옥의 규모와 세련됨이었으나, 이내 이 건축물이 얼마나 주변 숲과 조화롭게 어우러져 있던지 'K-하우스'의 멋을 다시금 실감했다. 구석구석 둘러보다 보니, 풍경과 건축물 그리고 교육의 기회가 한 자리에 모여 있는 이곳은 최근 교육 선진국 핀란드가 시작하여 전 세계가 주목하고 있는 〈현상기반학습Phenomenon-based Learning, PBL〉, 그중에서도 〈자연을 통한 교육Forest Pedagogy〉을 가장 한국스럽게 적용해 놓은 곳 같았다.

제2부 포항의 길을 이야기하다

〈현상기반학습〉이란 학습자Learner가 주위에서 쉽게 발견할 수 있는 현상들에서 영감을 얻어 학습 주제를 정하고, 기존의 과목 구분이 아닌 하나의 주제를 프로젝트화하여 여러 과목의 경계를 넘나드는 주체적이고 전체적인 학습을 실시하는 교육 방식이다.[2] 이러한 교육의 일환으로 〈자연을 통한 교육〉은 요즘 굉장히 핫hot하다. 그 이유는 학생들이 자연으로 나가 그곳에서 주제를 발견하고 활동을 하면서 자연스럽게 경제, 지리, 역사, 환경, 수학, 과학, 예술 등 다양한 원리들을 이해할 뿐 아니라 자연의 위대함, 소중함을 깨달아 지속 가능한 개발 및 환경 보전에 대한 필요도 몸소 느낄 수 있기 때문이다. 이것은 미시적으로 핀란드의 아이들을 숲으로 향하게 하였고, 거시적으로는 국가 교육 정책에 반영되어 유럽에서 빠르게 시행되고 있다예: 독일의 〈삼림 교육〉. 그 결과, 우리는 최연소 환경운동가로서 수백만 명의 학생들을 기후 운동에 동참시킨 15살의 스웨덴 소녀 '그레타 툰베리Greta Thunberg'[3]의 외침을

---

2 Lonka, K. (2020). 핀란드 교육에서 미래 교육의 답을 찾다. (이동국 외, 역). 서울: 테크빌 교육.

3 2003년 스웨덴 출생의 '그레타 툰베리'는 8살 때 기후변화의 심각성을 알게 되었고, 사람들이 이를 알면서도 행동하지 않음을 비판하였다. 2018년 15살 되던 그레타는 기후 변화 법안 마련을 촉구하기 위하여 '기후를 위한 학교 파업(School Strike for Climate)' 이 적힌 피켓을 들고 국회의사당 앞에서 그해 8월부터 스웨덴 총선이 열리는 9월까지 매주 금요일마다 1인 시위를 했다. 이것은 이후 세계적인 기후 운동인 '미래를 위한 금요일 (Friday for Future)'로 이어져, 전 세계 수백만 명의 학생들이 매주 금요일 등교를 거부하고 시위에 동참하고 있다(2020년 한국지부 등록). 이후 2019년 9월 뉴욕에서 열린 UN기후행동정상회의에 연설자로 초청된 툰베리는 "생태계가 무너지고 대멸종 위기가 앞에 있는데도, 당신(어른)들은 돈과 영원한 경제성장이라는 동화 같은 이야기만 늘어놓고 있다"고 비판하며, "미래 세대의 눈이 당신들을 향해 있고, 희망은 행동을

덕동초등학교 설립 유공비 및 교적비와 포항전통문화체험관 전경

2019 UN기후행동정상회의에서 만날 수 있었다^{아래 3번 각주 참조}.

　덕동마을 숲길에서 최근 떠오르는 교육 방식을 이야기하는 데는 앞서 언급했듯이 숲 자체가 앎과 배움의 현장으로서 가지는 역할과 의미 때문이다. 숲은 역동적이다. 계절과 날씨가 바뀌어서 그 모습이 바뀔 때도 있지만, 스스로도 끊임없이 천천히 변화한다. 그리고 이 세상에 같은 사람이 없는 것처럼 숲에도 같은 나무는 없다. 나무의 모습이 다르기 때문에 나무를 다르게 볼 수도 있겠지만, 같은 나무를 다른 사람이 보면 다르게 볼 수도 있다. 숲의 역동성은 더 나아가 그곳을 지나치는 사람들에게 저마다의 관심과 흥미를, 그리고 추억과 기억을 불러일으킨다. 우리가 숲에서 배울 수 있는 이유는 이러한 숲의 역동성이 각 개

취하는 데서 올 것"이라고 일침을 가했다. 미국 전 대통령인 버락 오바마는 "툰베리는 고작 16살이지만, 이미 전 세계에서 가장 위대한 기후변화 대변인 중 한 명"이라고 말한 바 있다. (시사상식사전. "그레타 툰베리". https://terms.naver.com/entry.naver?docId=5836737&cId=43667&categoryId=43667.(2021. 7. 20. 검색))

제2부 포항의 길을 이야기하다

유럽의 자연을 통한 교육 예시(좌: 핀란드, 우: 독일)

인의 고유성과 맞닿아 있기 때문이다.

　예를 들어, 10살의 나는 아빠와 함께 국가적으로 마땅히 보호되어야 하는 나무를 탐험하면서 그 나무들을 어떤 이유로 보호해야 하는지 배웠다. 그리고 이 과정에서 알게 된 것을 어떻게 소개할지 고민한 뒤, 아빠에게 컴퓨터로 문서 만드는 법을 배워 글도 작성하였다. 33살이 되어서는 현재 내가 공부하고 있는 것들이 숲길에서 본 것들과 어떻게 연결될지 사고하고, 우리 것은 아니더라도 '한국스럽게 받아들일 수 있는 혁신적인 방법이 무엇일까?' 고민하는 모든 과정을 가질 수 있었다. 즉, 나는 덕동마을 숲을 만나 많은 것을 생각할 수 있었고 또 배웠다.

　내가 존경하는 위대한 심리학자 장 피아제Jean Piaget는 말했다. "교육의 주요 목표는 다른 세대가 했던 것을 그대로 반복할 수 있는 인간을 만드는 것이 아니라, 새로운 것을 할 수 있는 인간을 창조하는 것이어야 한다"고. 같은 내용을 동일하게 배운 것이 예전이라면, 이제는 같은 내용도 개인에 맞게 다른 방식으로 적용되어야 한다. 역동적인 숲

안에서만큼은 아이들이 같은 것도 다르게 배우고, 자신만의 방식으로 원하는 것을 습득할 수 있다. 이러한 훈련과 교육이 계속되면, 아이들이 '다름을 다양하게 받아들이게 될 것'이라고 믿는다.

덕동마을 숲과의 인연[4]은 핀란드의 숲길에 대한 그리움으로 시작하여 아빠와의 추억을 지나 결국 나의 관심사인 교육으로 이어졌다. 세 개의 숲을 걷는 동안 나는 지난 4년의 타지 생활을 돌아보면서 학문적인 성찰의 기회도 가졌다. 그리고 우리 4남매와 엄마, 할아버지를 돌보느라 나만의 아빠이기 어려웠던 때, 아빠를 혼자서 독차지할 수 있었던 소중한 유년 시절의 추억들을 모두 어루만졌다. 더 나아가 결혼을 앞둔 시점에서 평생토록 간직할 수 있는 경험을 자녀에게 남기고 싶은 부모의 마음과 역할이 어떤 것인지도 고민해볼 수 있었다. 교육자의 길을 걷기에 앞서, 좋은 엄마가 되고픈 나를 응원한 부모님의 격려는 나무를 찾아다녔던 때부터 시작된 것이 아니었을까? "사람은 숲에 기대어 생을 보낸다"는 어떤 이의 말을 마음속에 간직하며, 앞으로 만나게 될 많은 숲들이 나에게 어떤 앎과 배움을 줄지 무척 기대된다.

마지막으로 어릴 때부터 지금까지도 내게 늘 다양한 학습의 기회와 정서적인 응원을 끊임없이 주고 계신—곧 70번째 생신을 맞으시는—아버지께 진심으로 감사의 마음을 전해 드린다.

---

4   숲에 가기 전, https://forest.or.kr/documents/2038에 접속하여 "숲에서 길을 찾다. 아름다운 숲_아름다운 숲 50선"을 꼭 읽어 보기를 추천한다(pp. 152~155.). 이 책자에서는 덕동마을의 의미가 담고 있는 조상들의 '덕'을 잘 설명해 주고 있다.

효리단길
— 포항의 뉴트로 힙 플레이스

김새미

언젠가부터 내 인생의 목표는 큰돈을 벌지는 못하더라도 좋아하는 사람들과 맛있는 것을 함께 나누고, 남에게 폐를 끼치지 않으며 행복하게 사는 것이었다. 주변에서 둘째가라면 서러울 정도로 집에 있는 것을 좋아하는 '집순이'이지만, 좋아하는 사람들과 맛있는 것을 먹으러 가는 것이 내 삶의 기쁨이자 행복이다. 이는 내 나름대로의 '소확행^{작지만 확실한 행복}'이라고 할 수 있다.

대학 졸업을 하고 다니던 직장에서 큰 부상을 입은 후에 고향인 포항으로 내려와서 수술과 재활의 과정을 거치고 나서 포스텍에 입사했다. 낯을 가리는 성격 탓에 새로운 환경과 조직 문화에 쉽게 적응하지 못했다. 새로운 사람들과 잘 어울릴 수 있을까 하는 걱정에 극도의 긴장을 하고 있었고, 맛있는 것을 먹을 때 가장 행복한 내가 뭘 먹든 편히 먹지 못하고 체하기 일쑤였다. 그러던 중 동료 선생님께서 너무 맛있는 커피를 파는 곳을 안다며 말씀을 해 오셨다. "선생님, 아인슈페너 좋아하세요? '북향제과'라고 아인슈페너가 정말 맛있는 집이 있어요!"

싫다는 말도 잘 못 하는 성격에 거절할 수도 없었고, 솔직히 '커피가 얼마나 맛있길래' 하는 생각으로 따라나섰다. 동료 선생님께서 나를 데려간 곳은 학교 근처의 시장이었다. 포항에서 20년 넘게 살면서 한 번도 가 본 적이 없던 '효자시장'에 처음 가 본 날이었다.

'여기에 맛있는 커피를 파는 카페가 있을까?' 하는 생각과 함께 도착한 곳에는 간판도 없는 가게가 하나 있었다^{1년쯤 지난 지금은 간판도 생기고 2호점도 생겼다고 한다.}. 여기가 '북향제과'라고 알려주지 않으면 아무도 모를 것 같았다. 정말 양옆에 횟집과 식육점이 있는, 말 그대로 시장이었다.

효자시장 입구와 내부. 평범한 동네 시장처럼 보이지만 자세히 들여다보면 새로운 맛집들이 많다.

문을 열고 들어선 순간, 가게 안에 가득 퍼져 있는 커피 향과 버터 향이 듬뿍 묻어 나왔다. 마들렌과 아인슈페너를 하나씩 손에 들고나와 맛을 본 순간, 처음 가게에 들어서기 전 가졌던 의심은 이미 저멀리 날아갔다. 옆에 있던 선생님께 "시장에 이런 곳이 있어요? 이 집 커피랑 마들렌 정말 맛있네요."라고 말씀드렸더니, "선생님, 여기 시장에 맛집 정말 많아요! 꼭 와야 해요!"라고 하셨다. 그날, 포스텍에 온 후 처음으로 약간의 긴장감이 풀리지 않았나 하는 생각이 든다.

정말 그곳엔 쌀국수, 초밥, 대창덮밥, 해물파스타, 구움과자 등 시장에서는 쉽게 찾기 힘들어 보이는 맛집이 너무 많았다. 너무 '힙'한 시장이었다. 오래된 상점들과 함께 젊은 사장님들이 운영하시는 맛집과 예쁜 카페가 많고, 지금도 점점 새로운 맛집들이 많이 생겨나고 있다.

정확히 언제부터인지는 알 수 없으나, 최근 SNS에서 효자시장은 이태원의 '경리단길', 경주의 '황리단길'처럼 포항의 '효리단길'이라고 불리고 있다. 실제 SNS에 '#효리단길'을 검색하면 이 태그와 관련된 1,000개 이상의 게시물을 찾아볼 수 있다. 전국의 많은 '~단길'에는 대부분 유명한 맛집들이 많다. 이 글을 쓰게 된 가장 큰 이유도 나만 알고 있기 아까운 효리단길의 맛집을 소개하기 위해서가 아닐까 생각한다.

낯가림이 심해 새로운 직장에 적응할 수 있을까 걱정하던 나는 1년 반쯤이 지난 지금, 회사에서 이렇게 친해질 수 있나 싶을 정도로 소중한 인연들을 만나게 되었고, 일도 제법 능숙히 해낼 수 있을 만큼 잘 적응했다. 직장인이 하루 중 가장 기다리는 시간은 단연 점심 시간과 퇴근 시간이 아닐까 생각하는데, 퇴근 후에는 무조건 집으로 가야 하는

효자동 쌀국수. 개인적으로 차돌양지 쌀국
수가 가장 맛있다.

구움과자와 아인슈페너가 맛있는 북항제과

달고나 커피와 쿠키가 맛있는 어코너

집순이의 맛집 투어는 대체로 점심 시간에 이루어진다.

점심 시간이 되기 전 오늘의 메뉴를 선택할 때, 접근성과 보장된 맛을 토대로 효리단길의 식당들이 꼭 후보에 오르곤 한다. 오래된 맛집, 새로 생긴 맛집, 그리고 예쁜 카페까지 한 시간 안에 식사와 커피까지 해결해야 하는 직장인에게는 매우 효율적인 공간이기 때문이다.

가장 추천하고 싶은 점심 시간 맛집은 '효자동 쌀국수'이다. 고수를 비롯한 강한 향이 나는 음식을 즐기지 않는 터라 쌀국수 역시 좋아하지 않았는데, 이 집의 쌀국수는 향이 나는 음식에 대한 그간의 편견을 완전히 깨 준 메뉴이다 찬바람이 불고 추워지면 꼭 이 집 쌀국수를 먹어야 한다..

'효자동 쌀국수'의 쌀국수는 효리단길을 처음 찾는 사람들에게 소개해 주기에 절대 실패가 없는 메뉴로 추천하고 싶다. 쌀국수를 먹고 난 후, '북향제과'에서 아인슈페너, 또는 '어코너'에서 달고나 라떼를 사 들고 사무실로 복귀하면 그야말로 완벽한 점심 시간이 된다.

효리단길은 직장인의 점심 시간에도 인기가 있지만, 사실은 주말에 더 핫한 공간이 된다. SNS에서 유명한 맛집들은 점심 시간을 넘기고도 사람들이 줄을 서 있을 만큼 많은 사람들이 찾는 모습을 볼 수 있다. 이렇게 사람들이 효리단길을 찾는 이유에는 시장이라는 공간이 주는 정겨움도 한몫한다고 생각한다. 오래된 것과 새로운 것의 조화가 어색하지 않고 정감을 주기 때문에 사람들의 관심을 갖게 하고 찾게 하는 이유가 아닐까 한다. 시장 입구로 들어가면 야채가게, 반찬가게 등 우리가 흔히 알고 있는 시장의 풍경 중간중간에 새로운 맛집과 카페들이 들어서 있다. 시장 상점들 앞에 사장님의 얼굴 이미지를 담은 간판이 붙어 있는데, 눈에도 잘 띌 뿐만 아니라 본인의 얼굴을 걸고 장사를 할 만큼 자부심이 있다고 느껴져서 더욱 신뢰가 가고 인상이 깊다.

요즘 유행하는 것들 중 하나인 '뉴트로New-tro'는 '새로움New'과 '복고Retro'를 합친 신조어라고 한다. 시장 한편의 벽화에 'since 1960 효자시장'이라는 글귀가 써 있는데, 빠르게 새로운 것들로 채워져 가면서도 50년 이상의 오랜 전통과도 잘 어우러져 있는 효리단길이야말로 '뉴트로'에 딱 적합하지 않을까 하는 생각이 들었다. 새로운 것들이 들어서면 오래된 것은 퇴색될 수도 있는데, 찾는 사람이 더욱 많아지면서 오랜 시간 시장을 지켜온 상인들에게도 도움이 되지 않을까 하는 생각이 든다.

어릴 때부터 나는 늘 오래된 노래를 좋아했다. 그래서 요즘 유행하는 아이돌 그룹의 노래뿐만 아니라 그들의 이름도 잘 모른다. 그래서 아이돌을 좋아하는 친구들에게 그 유명한 BTS의 멤버 숫자나 가수 이름도 모른다고 놀라움과 핀잔을 듣기도 했다. 그런 핀잔 속에서도 여전히 나의 플레이리스트는 1990~2000년대 초반 가수들의 노래로 가득 차 있다. 최근 그들의 노래가 젊은 사람들에게 다시금 인기를 얻으며 음원차트에서 역주행하고 있다.

효자시장은 1960년대에 형성되기 시작하여 2000년대 초반에는 찾는 사람이 줄어들어 침체기를 겪었다고 한다. 하지만 젊은 사장님들의 창업과 상인들의 노력으로 최근 효리단길이라는 이름으로 오래된 시장의 역주행을 보여주고 있는데, 이런 점이 내가 효리단길을 좋아하고 주변 사람들에게도 소개해 주고 싶은 것이 아닐까 한다. 오래된 시장과 '힙'한 새로운 것들의 조화는 다양한 세대에게 공통의 관심사가 될 수 있고, 무엇보다 찾는 사람이 실망하지 않을 맛집들이 많기에, 아직 효리단길에 가보지 못한 사람이 있다면 이번 주말에는 효리단길 맛집 투어를 추천하고 싶다. 최근 효자교회에서 효리단길 근방으로 '포항 철길숲'이 연장 조성되어, 식사 후 커피 한 잔 마시고 효리단길 골목과 철길숲 산책을 한다면 완벽한 하루를 보낼 수 있을 것이다.

좋아하는 사람들과 맛있는 것을 편히 먹는 것이 가장 큰 행복인 나에게 효리단길은 포스텍에서 만난 좋은 사람들과의 행복한 추억을 가질 수 있게 해 준 감사한 공간이다. '포항의 뉴트로 힙 플레이스'라는 나만의 생각을 더 많은 사람들이 갖게 되어 경리단길, 망리단길, 황리단길 등 타 지역의 유명한 '~단길'처럼 '효리단길' 역시 사람들이 '포항' 하면 생각나는 랜드마크가 되길 바란다. 전통과 현대를 이으면서 활발히 성장하고 있는 지금의 효리단길이 포항의 랜드마크가 되기 위한 출발점에 서 있다고, 그리고 앞으로 꼭 그렇게 될 것이라고 믿는다.

포항의 길

포항 철길숲 Forail
— 도심 속 그린웨이가 펼쳐졌다

김능수

철도가 도시를 통과하는 것은 당연했다. 쇳가루가 날리고 소음이 넘쳐도 철길은 무람없이 가야할 길을 열어야 했으니까. 철도가 놓이는 만큼 산업이 발전하고 경제는 성장했다. 그러나 이제는 다르다. 산업도 중요하지만 삶의 질을 더 중요하게 생각해야 한다. 앞만 보고 달려왔던 산업 도시 포항이 녹색 친환경 도시로 가고 있는 이유이다. 도심 속 철길은 이제 숲길로 거듭났다. 필자는 포항시청에 근무하면서 '포항 철길숲' 조성 업무를 담당하였다. 그래서 이 에세이에서 포항을 대표하는 도시 숲이자 숲길인 '포항 철길숲'에 대한 여러 가지 이야기를 해보고자 한다.

먼저 '포항 철길숲'의 지금 모습은 어떨까? 시가지를 가로지르는 긴 선형 도시 숲으로 도보 15분 거리에 포항시 인구의 약 40%인 21만 여 명이 거주하고 있고, 도심에 위치한 선형 도시 숲의 특성상 대중교통과의 연계성이 뛰어나다. 평일에는 도보 및 자전거를 이용한 시민들의 출퇴근 통근로로, 주말에는 여가와 산책을 즐기는 시민들의 휴식 공

도심 속 그린웨이, '포항 철길숲' 전경

간으로 활용되며 평일 3만 6천여 명, 휴일 5만 1천여 명 등 연간 1,161만
여 명이 '포항 철길숲'을 이용하고 있다.

　또, 각종 공연, 전시를 비롯해 자원봉사 등 시민 참여 프로그램을
통해 생활 속 도시 숲으로 시민의 사랑을 받고 있으며 국내 녹색 도시
부문 권위 있는 평가에서 6회 수상하는 등 대외적으로도 도시 숲 조성
의 성공 사례로 알려지며 타 도시에서의 벤치마킹이 줄을 잇고 있다.

　우리 시에서는 도심을 관통하는 남북 방향의 동해남부선이 지나
고 있었다. 포항, 울산 등 중화학공업 도시를 연결하며 여객은 물론, 비
료, 양곡 등의 화물을 운송하던 철도였다. 포항에 기차가 들어온 것이
1918년이니 100년이 넘는 시간이다. 철도의 세월은 포항의 성장과 궤

철길숲이 조성되기 전의 모습

를 같이했다. 철도가 실어다 준 달콤한 혜택들도 많았지만 쓰디쓴 부스러기들도 같이 왔다.

　오랫동안 진출입이 제한된 철도로 활용된 결과 도심을 동과 서로 단절시켜 도시의 균형 발전을 저해하였으며, 철도 주변에는 무허가 불량 주택과 함께 거대한 성벽과 같은 5m 높이의 철제 방음벽과 철조망 등이 도심 전체를 가로막아 지역 사회의 동질성을 해치고 있었다. 특히, 2015년 4월 KTX 포항 직결선 개통에 따라 포항 역사가 이전되고 기존 도심 구간의 동해남부선이 폐선되면서 용도를 잃은 철도는 인근 주민들의 무단 경작과 쓰레기 투기로 몸살을 앓았고, 불량 청소년들의 탈선 장소가 되어 심각한 도시 문제로 부각되었다.

　남북으로 길게 이어진 철로였으니 시민 다수가 폐선 부지로 인한 부정적 영향에 노출되었으며, 자연스럽게 폐선 부지에 대한 효율적 활용 방안에 대해 모색하게 되었다. 주민 공청회를 실시한 결과 여러 가지 활용 방안이 나왔다. 도로 개설, 레일 바이크 설치, 아파트 신축, 녹지 공간 조성 등의 의견이 나왔지만, 최종 결정권자인 이강덕 시장은 녹색 생태 도시를 표방하면서 도심 녹지 공간^{도시 숲}으로 활용하는 것을 최종적으로 결정하게 된다.

이에 따라 철길숲 조성은 급물살을 타게 된다. 사업 추진을 위해 '포항시 그린웨이 추진단'이 만들어지고 이를 뒷받침할 시민들의 역량을 모아 지역 사회 대표 100인으로 구성된 '포항 그린웨이 범시민 추진위원회'가 발족되면서 이강덕 시장을 비롯해 지역 기관 및 단체 관계자와 공무원, 시민 등 2,000여 명이 모여 친환경 녹색 도시 건설을 결의했다. 아울러, 시민 참여에 의한 녹색 도시 조성을 위해 '이천만 그루 나무 심기' 및 '천만송이 장미도시 조성계획'을 발표하였다.

물론, 문제도 있었다. 철도 부지는 국가 소유의 토지였다. 도시 숲을 조성하기 위해서는 부지 매입비용을 해결해야 했다. 방법을 찾을 수밖에 없었다. 국토교통부, 한국철도공사, 한국철도시설공단 등 관계 부서를 수없이 방문했다. 포항시에서도 시장님 이하 각 부서에서 발 벗고 나섰다. 포항시의 끊임없는 노력의 결과로 국토교통부에서 "철도 유휴부지 활용사업"이라는 방안을 계획하기에 이르렀다.

2015년 12월, 국토교통부 산하 한국철도시설공단에서 실시한 제1회 '철도 유휴부지 활용사업 공모'에 포항시가 제출한 '효자역에서 옛 포항역 간 4.3km에 대한 도시 숲 조성 계획안'이 원안 통과되면서 토지

철길숲의 '오크 정원'

무상사용이 가능해져 약 200억 원에 달하는 토지 보상비용을 절감하게
되면서 본격적인 사업에 착수하게 되었다. 특히, '포항 철길숲' 설계안
은 100년 철길의 정체성과 역사를 간직하기 위해 설계 당선작인 '환원'
의 4가지 설계 개념, 즉 시간의 환원, 문화의 환원, 생태의 환원, 인프라
의 환원을 중심으로 기존 철도의 기억을 살리며 도시의 쾌적성을 증진
할 수 있는 도시 숲으로 계획하였다.

우리 지역의 근대화 100년의 역사가 그대로 녹아 있는 도시 숲이
조성됨에 따라 '포항 철길숲'은 포항만의 정체성이 담긴 시민의 공간으
로 재탄생되었고 녹색 인프라 구축에 따라 상대적으로 타 지역보다 낙
후된 폐선 부지 주변에서 자발적 도시 재생 활동이 촉진될 수 있도록
구상되었다. 또한 철길숲은 단순히 하드웨어 중심의 도시 숲 조성에 머

무른 것이 아니라 자발적 도시 재생 촉진과 더불어 보행 및 자전거 출퇴근 확산 등 시민 문화와 생활 패턴까지도 친환경적으로 변화시키는 데 기여하고 있다.

'포항 철길숲'은 2015년 초부터 계획하여 2019년 5월 4일 준공되었으며 도시 한가운데 폐철로를 따라 형성된 기다란 숲길이 녹색 날개를 힘차게 펼치게 되었다. 앞으로 포항시는 철길숲을 중심으로 녹지축을 확장하고 크고 작은 주변의 공원과 녹지, 하천을 연계할 방안을 구상 중이다. 우선 올해 하반기 '효자역~유강정수장' 간 2.7km를 숲길로 조성하여 철길숲의 녹지축과 형산강의 수변축을 연결하고 학산천 생태복원 사업의 추진을 통해 영일만과 도심을 연결하는 그린웨이를 완성할 계획이다. 특히, 왕복 12차선 규모의 포스코대로에 철길숲과 형산강을 잇는 동서 녹지축을 조성하여 도심 어디서나 자동차를 타지 않고 걷거나 자전거를 이용해 이동할 수 있도록 도시 공간 구조를 변화시켜 나갈 계획이며 도심 내 탄소 흡수원 확충 및 저탄소 생활문화 정책을 통해 탄소중립 도시 실현에도 기여할 것으로 기대한다.

다음으로는 '포항 철길숲'에 관해 시민들이 궁금해 하는 부분과 특징적인 내용에 대해 알아보자. 먼저 철길숲의 명칭에 얽힌 이야기이다. 동해남부선 폐선 부지를 도시숲으로 조성하기로 결정했을 당시 '포항 GreenWay'라는 명칭을 사용하였다. 하지만 폐선 부지 도시 숲 조성 사업을 계기로 포항의 공간 구조를 숲과 물길이 흐르는 친환경 녹색 도시로 변화시키기로 결정하고 '포항 GreenWay'라는 명칭은 녹색 생태 도시를 지향하는 정책의 목표, 방향, 지향점을 총괄 지칭하는 명칭으로 사용하게 되었다. 따라서 지금의 '포항 철길숲'은 시민 공모를 통해 새로이 명명하였으며, 정식 명칭은 '포항 철길숲, Forail Forest+Rail'로 국문과 영문을 혼용, 병기하고 있다.

다음은 공사 중에 뿜어져 나온 천연가스를 통해 조성된 '불의 정원'에 관한 이야기다. 철길숲 조성 사업이 한창 진행 중이던 2017년 3월, 뜻하지 않게 철길숲 현장에서 불길이 솟아난 사건이 있었다. 굴착기로 지하 200m까지 지하수 관정을 파던 중에 땅속에서 천연가스가 분출하여 불이 붙은 것이다. 포항남부소방서, 한국가스공사, 한국지질자원연구원 등 유관 기관과 진화 대책을 논의하고 원인 규명을 진행하였는데 대부분의 전문가들은 2~3일 내로 불이 꺼질 것이라고 전망했다.

철길숲 공사 중에 뿜어져 나온 천연가스를 통해 조성된 '불의 정원'

하지만 곧 꺼질 것으로 예상했던 가스 화염이 2~3개월 동안 지속되자 포항시는 우리나라 육지에서 천연가스 분출이 유례없는 현상인 만큼 현 상태를 유지하면서 포항 지역만의 특색 있는 관광 자원으로 승화시키기로 하고 이후 가스 화염 주변을 정비하여 '불의 정원'이라 이름 붙여 철길숲의 관광 요소로 활용하게 되었다.

금방 꺼질 것으로 알았던 불길은 지금도 활활 타오르고 있다. 참고로 불의 정원은 메탄 천연가스층이고 매장량은 포항 시민이 약 30일 정도 사용_{실제 개발 시 30% 정도로 축소됨}할 수 있는 양이며 성분 등을 조사하였으나 경제성은 없는 것으로 밝혀졌다. 재미있는 것은 우리나라의 지질학자, 교수, 학생, 풍수지리학자, 역술가, 무속인 등 수백 명이 다녀갔다는 것이다. 이들은 불의 정원 활용에 대해 각자 다양한 의견을 제시하였다.

마지막으로 '포항 철길숲'을 누가 만들었는지 알아보자. 철길숲 조성 과정에서 이루어졌던 시민사회 의견 수렴, 이해 관계자 갈등 해소 및 포항시와 시민사회 간 협력, 거버넌스 기구 구성 등에 대한 과정은 시정 추진 과정에서 큰 자산이 되었으며 이런 과정을 거치며 시민 의견을 수렴해 조성된 '포항 철길숲'은 포항시와 시민 사회의 역량을 결집해 만들어낸 포항을 대표하는 공간이라고 할 수 있다.

이러한 점에서 포항 시민은 포항시와 함께 철길숲 조성의 양대 주체라 할 수 있으며 그런 이유로 시민들의 관심과 만족도는 다른 공간과 비교할 수 없을 정도로 높다. '포항 철길숲'의 준공 표지석에는 준공자의 이름이 따로 없다. 바로 포항 시민 모두가 힘을 모아 만든 공간이기 때문이다. 앞으로 '포항 철길숲'이 포항을 보다 쾌적하고 아름다운 도시로 변화시키는 마중물 역할을 하기 바라며, 시민들에게 사랑받는 시민 모두의 공간이 되기를 기대한다.

지곡동 메타세쿼이아 가로수길
— 영원한 친구, '배움'을 만나다

김준범

    "이런 버르장머리 없는 놈" 매서운 싸리나무 회초리에 묻어나는 아버지의 카랑카랑한 음성. 열두 살 아들은 가냘픈 종아리로 버티다 자리에 주저앉아 웁니다. 아버지도 눈시울을 붉힙니다.

    저는 산골 소년입니다. 경북 예천 용문이 고향이지요. 부모님은 평생 농부로 들판을 일터로 삼았고, 여든이 훌쩍 지난 노년에도 여전히 들로 나가십니다. 아버지는 아들에게 고된 농사일을 물려주지 않겠다는 사명이 있었습니다. 공무원이 아니면 큰 회사에 근무하기를 바라셨죠. 그래서인지 교육에 관한 열정은 남달리 뜨거웠습니다. 성적이 떨어지거나 거짓말을 하면 여지없이 회초리를 들고 종아리에 피멍이 맺히도록 사정없이 내리쳤습니다. 할아버지 영정 뒤에 올려진 '성공봉'이라는 회초리가 무서워서라도 3형제는 공부를 해야 했지요. 위로 누님 두 분은 상업고등학교를 졸업하고는 서울로 돈벌이를 떠났습니다. 딸자식이란 이유로 차별을 받았지만, 아버지 앞에서는 불만조차 말할 수 없었지요. 가난해도 공부를 제법 했던 첫째 아들은 아버지의 기대를 한몸에 안고 중학교 2학년에 서울로 전학을 갔고 둘째는 김천으로 유학을 떠났습니다. 형님을 따라 저도 김천고등학교에 진학했지요.

아버지의 소원과 달리 자식들의 앞날은 순탄하지 않았습니다. 첫째 형님은 큰누이와 성북구의 작은 셋방에 살았고, 도시의 화려함 속에서 시골 출신 남매의 가난은 더 도드라졌습니다. 차츰 책과의 거리는 멀어지고 불량한 친구들과 가까워져 결국 대학 진학에 실패했습니다. 둘째 형님도 명문대를 기대할 만큼 학업 성적이 우수했지만, 건강에 발목이 잡혔습니다. 고3 때 병원 치료를 받느라 원하던 대학교에는 가지 못했습니다. 아버지를 실망하게 했다는 자책감도 있었지만, 치료를 제때 받지 못한 것을 아쉬워했습니다. 형님들은 막냇동생마저 어렵게 공부하지 않도록 아버지 몰래 용돈을 보내주곤 했습니다. 저는 형님들을 거울삼아 교육비가 없고 월급도 받는 사관학교에 합격했고, 부모님은 처음으로 웃으실 수 있었지요. 하지만 기쁨은 오래가지 않았습니다. 운명의 장난처럼 졸업을 앞두고 훈련 중에 큰 부상을 입어 졸업장만 쥐고 전역을 했습니다. IMF가 한창이던 1998년입니다. 몇 해가 지나 둘째 형님은 병세가 악화되어 서른두 살에 허망하게 죽고 가족들의 마음에는 큰 상처가 남았지요.

저는 학교를 졸업하고 20년 넘게 사회생활을 하고 있습니다. 아버지를 닮은 부지런함 덕분인지, 돌아가신 형님의 도움인지 유럽에서도 살았습니다. 아내를 치료하려고 귀국했다가 운명처럼 형님이 가고 싶어 했던 포항공과대학교POSTECH의 직원이 되었습니다. 얼마 전에 포스코로 발령받아 아버지가 그토록 바라시던 크고 좋은 회사에서 일하고 있습니다.

1968년, 내가 태어나기도 전에 박태준 명예회장께서 식민지와 전쟁으로 부서진 나라를 다시 세운다는 사명감으로 영일만 모래사장에 말뚝을 박고 종합제철소를 건설했습니다. 지금은 인구 50만의 세계적인 철강 도시가 된 포항은 대한민국 경제의 뜨거운 심장인 포스코를 품고 있습니다. 회장님은 산업과 과학기술을 이끌어갈 인재가 대한민국의 미래임을 확신하고 포스코 사원 아파트가 들어선 지곡동에 유치원부터 초, 중, 고, 대학교까지 이어지는 교육 유토피아를 완성했습니다. 두 아들을 키우는 아빠가 되고 보니 당신보다 자식들이 행복하기를 바라던 아버지의 마음이 느껴졌습니다. 우리 아이들이 뛰놀며 건강하게 자라게 될 배움터를 찾아가 보겠습니다.

우리 가족이 사는 지곡동 한가운데엔 포항제철지곡초등학교가 자리 잡고 있습니다. 1986년, 포항제철국민학교로 시작해 1998년에 사립으로 전환해 4,610명의 졸업생을 배출했습니다. 대한민국 좋은학교 박람회 최우수학교, 경상북도교육청 학교평가 최우수 등급에 선정된 명품 학교입니다. 44개 학급에 1,312명의 학생이 수준 높은 환경에서 학습과 인성을 키우고 있습니다. 두 아들 시니와 차니도 지곡초등학교 6학년, 4학년으로 즐겁게 공부하고 있습니다.

초등학교 정문 앞 큰길을 따라 5분을 걸어가면 포항제철유치원이 나옵니다. 1995년에 개교해 총 5,087명이 졸업했고, 현재 12학급에 266명의 원생이 포스코교육재단이 만든 첫 번째 배움터에서 선생님들의 사랑을 듬뿍 받고 있습니다. 학부모를 초청한 행사도 다채롭고 아빠들

포항제철지곡초등학교

을 위한 특강도 개설합니다. 유치원 앞 우체국과 소방서를 지나면 포항제철고등학교가 있습니다.

포항제철고는 '자주', '창의', '실천'의 교훈으로 1981년 개교한 자율형 사립고로, 전국에서 우수한 학생들이 입학하는 명문 고등학교입니다. 서울 8학군에 버금간다고 학부모님들의 자부심이 높습니다. 34학급에 1,004명의 재학생이 있고 13,806명의 졸업생을 배출했습니다. 포항시와 독일 드레스덴시가 자매도시로 제철고와 드레스덴 플라우엔 김나지움이 학생 방문 프로그램을 운영하고 있습니다. 국제 감각을 키우며 서울 상위권 대학에 진학하는 성과도 좋지만, 스포츠도 빼놓을 수 없습니다. 이동국, 황희찬, 김승대, 강민호, 권혁 등 축구와 야구 국가대표의 산실입니다.

고등학교 왼쪽 숲에는 포스코교육재단 체육관과 그린골프연습장이 이어집니다. 내리막길을 따라 걸어가면 신단지교차로가 나오고, 여기서부터 포항공과대학교가 시작됩니다. 교차로 뒤 언덕 위에는 2015년 세계에서 세 번째로 지은 4세대 포항방사광가속기 시작부가 보입니다. 이 건물은 직선으로 1.1km에 달하는 거대한 현미경으로 태양의 100

포항제철고등학교

메타세쿼이아 가로수길

교수아파트&메타세쿼이아

포항제철중학교

경 배 밝기의 빛을 투사해 물질의 구조를 분석합니다. 기초과학은 물론 바이오, 신소재, 화학 등 산업 기술에 큰 도움을 주고 있습니다. 포항가속기연구소 내에는 1994년에 준공한 3세대 원형 가속기도 자리 잡고 있어 수많은 국내외 연구자들의 발길이 이어지고 있습니다.

교차로에서 곧게 뻗은 도로 양쪽에는 메타세쿼이아 가로수가 눈길을 사로잡습니다. 매일 출퇴근을 할 때면 유럽의 어느 숲을 거닐고 있는 착각에 빠집니다. 때로는 런던 버킹엄 궁전 앞을 지키는 큼지막한

털모자를 쓴 근위병처럼 보이기도 합니다. '영원한 친구'라는 뜻의 메타세쿼이아 가로수는 오늘도 내일도 변함없이 배움의 길을 오가는 학생들을 늠름하게 호위하고 있습니다. 초록의 나뭇잎 사이로 레드 와인 간판에 포항공과대학교라는 글자가 선명하게 보입니다. 조금 걷다 보면 하얀색 교수아파트 6개 동이 줄지어 서 있습니다. 세계 곳곳에서 최고의 교수들을 초청한 박태준 명예회장과 김호길 초대총장께서 교수와 그 가족이 사는 데 불편함이 없도록 당시 포항에서 가장 좋은 시설로 아파트를 건설했다네요. 교수아파트 맞은편에는 포항제철중학교와 포항제철공업고등학교가 자리 잡고 있습니다.

포항제철중학교는 1978년에 개교했고 41회까지 21,013명의 동문이 있습니다. 58학급 1,449명의 재학생 중에는 포스코와 계열사 자녀가 전체의 36%를 차지합니다. 학생들은 27개의 학생동아리에서 다양한 프로그램에 참여해 사회성을 키웁니다. 시니와 차니도 이곳에 입학해 더 많은 친구를 사귀고 공부를 한다니 설렙니다. 중학교와 마주 보면서 마이스터고인 포항제철공업고등학교가 있습니다. 1971년에 개교해 포스코에서 필요로 하는 재료 기술, 자동화 기계, 전기전자 제어 분야의 전문기술 인력을 양성하고 있습니다.

중학교를 지나면 실내 수영장과 종합 체육관이 보입니다. 그 뒤로는 대학원 아파트가 우뚝 서 있고, 계속 걸어가면 포스코 임직원의 교육을 담당하는 포스코인재창조원 입구가 보입니다. 최근에 경북과학고가 인재창조원 앞에 건설 중이고 2023년에 개교할 예정입니다.

신단지교차로에서 시작한 메타세쿼이아 가로수는 포스텍 동문까

체인지업 그라운드

지 1km 정도 이어지고 있습니다. 드라이브 코스로도 좋지만, 아름드리 가로수를 따라 산책하기에 더할 나위 없습니다. 포스텍은 1986년에 개교한 대한민국 최초의 연구중심대학입니다. 35년의 짧은 역사에도 불구하고 세계대학평가에서 28위까지 오르는 등 국내외에서 손꼽히는 과학기술 명문대학입니다. 매년 330명의 최정예 학부생을 선발하고 지금까지 21,211명의 인재를 양성했습니다. 교육과 연구를 통해서 인류에 봉사하고 가치를 창출하는 대학으로 성장하고 있습니다. 동문을 따라 오른쪽 언덕 위에는 파란 하늘과 하얀 구름을 담은 7층 건물이 우뚝 서 있습니다. 포스텍의 새로운 전성기를 이끌 스타트업 인큐베이팅 센터인 체인지업 그라운드CHANGeUP GROUND가 2021년 여름에 개관했습니다. 미국에 실리콘 밸리가 있다면 한국 포항에는 퍼시픽 밸리가 있습니다. 유치원에서 시작해 초, 중, 고등학교에서 배운 학생들이 이곳 포스텍에서 세계를 이끌 기업가와 과학자로 성장하고 있습니다.

대학본관 앞 중앙분수광장을 지나면 노벨동산에 박태준 설립이

사장의 조각상이 서 있습니다. 한 손을 들고 영일만을 넘어 태평양을 가리키고 있지요. 뒤로는 영국 마거릿 대처 수상이 심은 느티나무가 조각상의 인자한 얼굴을 밝혀줍니다. 그가 바라던 노벨상은 이제 포항시민의 염원이고 대한민국의 꿈이 되었습니다. 지곡로부터 청암로에 이어지는 배움의 길을 걸어온 아이들이 그 꿈을 현실로 만들 주인공입니다. 먼 옛날 아버지의 회초리로부터 시작된 저와 제 세대의 배움의 길은 이곳 지곡동 메타세쿼이아 길을 통해 새로운 세대로 이어집니다. 배움의 여정을 시작하는 아이들에게 지곡동 메타세쿼이아 가로수길이 좋은 동무가 되길 소망합니다.

포항공과대학교 캠퍼스

중앙분수광장

노벨동산 박태준조각상

지곡동 황톳길

— 우리, 함께, 치유를 바라며

남주영

"우리 애는 사람 물지 않는데….."

"물지 않는 개는 없어요!"

산책길을 걷다 보면 개를 데리고 온 사람과 개를 싫어하는 사람들이 서로 신경전을 벌이는 광경을 가끔 보게 된다. 개를 키우는 입장에서는 목줄을 풀어 주고 자유롭게 걷게 하고 싶은 마음이 들기 마련인데, 막상 목줄을 풀고 걷다 보면 항의와 핀잔을 듣기 십상이다. 예의를 지키면서 서로를 인정해 주면 좋을 텐데, 하는 아쉬움과 함께 십여 년 전, 강아지와 함께 매일 빠지지 않고 걸었던 황톳길이 생각났다.

새로 전학한 학교에서 친구들과 갈등이 심했던 막내, 중학교에 막 들어가 진로 문제를 고민하던 둘째, 고3이 되어 점점 짜증이 늘어 가던 큰 딸로 인해 우울하던 시절이었다. 디스크 수술을 했던 허리가 다시 아프기 시작하였다. 병원에서는 다시 수술할 수는 없으니 운동으로 허리 인대를 튼튼하게 단련해야 한다고 말했다. 그러나 쉽게 집밖으로 나가지지 않았고, 퇴근하면 소파에 등을 붙이고 누워 있는 나날이 계속되었다.

　그러던 어느 날 막내의 학습지 선생님이 강아지를 한 마리 안고 왔다. 언니네 집에서 키우던 강아지인데, 언니가 임신을 하게 되어 맡길 곳이 필요하다고 하였다. 막상 집에 데려와 보니 다리도 약간 절고 한 쪽 구석에서 잘 움직이지도 않아 병약해 보였다. '우리'라는 이름의 이 아이는 마치 내 모습을 보는 듯했다. 우리 집에 강아지가 왔다는 소식에 가장 먼저 달려온 사람은 이웃집 '예삐'네다. '예삐'는 그 집의 하얀색 마르티즈 강아지 이름이다. 강아지는 산책을 시켜야 한다며 매일 산책을 가자고 하였다. 그렇게 '우리'와 '예삐'는 서로를 동무 삼아 '지곡동 황톳길'을 걷기 시작했다. 운동을 싫어하는 나도 억지로 걷기 시작했다.

　'지곡동 황톳길'은 사실 황토가 아니라 마사토로 만들어진 길이다. 제주 올레길이 만들어지고 우리나라에 걷기 열풍이 불고 있을 때 지곡동에도 황톳길이 만들어졌다. 옛날부터 있던 자연적인 길을 다듬고 보수한 것이 아니라, 포항시에서 흙을 넣고 나무를 심어 인위적으로 만든 길이라는 점에서 다른 길과는 성격이 다르다. 그러나 길이 만들어지고 10여 년의 세월이 흐르면서 지곡동 황톳길은 포항 사람들에게 많은 사랑을 받는 추억의 장소가 되었다.

　'지곡동 황톳길'은 우리 가족에게도 특별한 추억이 많은 곳이다. 아이들과 오래 이야기를 나눌 필요가 있을 때면 '우리'랑 산책을 가자고 하여 같이 걷곤 했다. 함께 걸으면서 우리 가족은 서로 많은 이야기

지곡연못   스틸하우스

를 나눌 수 있었다.

'우리'와 함께 황톳길을 걷다보면 다양한 사람들을 만나게 된다. 그냥 스쳐 지나가던 사람들도 강아지를 데리고 걸으면 쉽게 말을 붙이기 때문이다. "어머, 강아지 털이 예뻐요." 이렇게 시작해서 자기 이야기를 하게 되는 것이다. 강아지와 함께 하루 4시간씩 걸으면서 건강을 회복하였다는 '깜이'네는 황톳길에 나가면 늘 만나게 되는 이웃이다. 중풍으로 한쪽 팔을 쓰지 못하는 청년은 오전에도, 오후에도 만나게 된다. 걸으면서 신경이 회복되어 가는 모양인지 점점 걸음걸이가 자연스러워졌다. 사고로 아예 한쪽 팔을 잃은 아주머니는 처음에는 아저씨와 같이 걷더니, 점점 혼자 걷는 날이 많아졌다. 300m도 못 가서 쉬어야 하는 노부부도 있다. 노부부는 오래 걷기가 힘든지 스틸하우스 단지까지도 한 번에 못 걸어, 중간중간 돌담에 걸터앉아 한참씩 쉬면서도 걷기를 멈추지 않는다. 이들도 나처럼 약으로 해결할 수 없는 병을 길을 걸음으로써 치유해야 하는 모양이다.

황톳길을 걷는 이들이 점점 좋아지는 모습을 보면서 희망을 가지게 되었다. '우리'도, 나도 점점 건강해져 갔다. 1년 정도가 지나자 '우리'의 다리가 몰라보게 튼튼해졌고, 나의 허리도 강해져 걷기가 점점 수월해졌다. 학습지 선생님도 '우리'가 전보다 훨씬 똘똘해졌다고 놀라워했다.

아침 일찍부터 서너 명이 무리지어 크게 웃으며 즐겁게 운동하는 아주머니들도 있다. 효자그린아파트에서 주말농장 옆길을 지나 스틸하우스 단지를 한 바퀴 돌고 황톳길로 접어들어 운동하는 분들이다. 내

짐작에 이분들은 아파트에서 웃고 떠들면 이웃에 방해가 되니 나와서 운동도 하고 사교 모임도 하는 게 아닌가 싶다. 큰소리로 와자지껄 떠드는 소리 가운데서 TV에서는 접할 수 있는 사소한 동네 소식들을 귀동냥으로 듣기도 한다.

사실 나도 같이 길을 걸으면서 친하게 된 동네 형님에게 요리며 뜨개질을 배우고 이런저런 농산물도 공동 구매 하는 등 깍쟁이 직장인에서 두루뭉술한 동네 아줌마로 살아가는 법을 배우게 되었다. 나에게 길은 치유의 길인 동시에 사교의 장소, 만남의 장소이기도 하였다.

걷기의 시작은 기적처럼 우리 집으로 온 강아지 '우리'에게서 비롯되었으나 '우리'를 잃고 난 후에도 나의 걷기는 계속되었다. 지금은 새로 단장한 철길숲을 더 자주 걷는 편이다. 길이가 더 길고 볼거리, 즐길 거리도 많고, 시내 곳곳으로의 접근성이 좋아서 매력적인 길이다. 그런데 친구들 중 개를 싫어하는 친구는 철길숲에 개가 너무 많아서 가기 싫다고 한다. 줄에 묶여 있는 개에게도 두려움을 느낀다는 것이다. 그러고 보니 포항의 어떤 길에도 반려견과 함께 편안하게 걸을 수 있는 공간을 따로 마련해둔 곳이 없다. 자전거 도로는 잘 정비되어 있는데 반려견을 위한 도로는 따로 없다. 실상은 자전거를 이용하는 사람보다 개를 데리고 산책하는 사람들이 더 많은 데도 말이다.

황톳길이나 철길숲 모두 포항시에서 관리하고 정비하는 것으로 알고 있다. 포항에 살면서 좋은 점 중의 하나가 집에서 조금만 나서면 산책할 포인트들이 많다는 것이다. 감사한 일이다. 한 가지 더 바란다면, 개를 내 가족처럼 사랑하고 교감을 느끼는 사람들과 개를 극도로 싫어하는 사람들 모두가 즐겁게 산책할 수 있는 길이 포항에도 생겼으면 좋겠다. 10년 전 내가 강아지 '우리'와 산책하면서 건강을 회복하고 걷기의 즐거움을 깨닫게 된 것처럼 더 많은 사람들이 '우리'와 '함께' 편안하게 산책할 수 있게 될 날을 기대한다.

제2부 포항의 길을 이야기하다

포항스틸아트로드 Pohang Steel Art Road

박은숙

　　학업을 마치고 다시 찾은 고향에서 사회생활을 시작한 지 27년. 포항인으로 살아온 그 시간 속에서 간혹 포항의 정체성에 대한 질문을 받곤 했다. 포항에서 나고 자라도 지역에 대한 관심을 깊이 가져 본 적이 없는 나로서는 좀 당황스럽기도 했다. 그러다 업무적으로 포항을 더 깊이 접할 기회가 있었고, 포항의 정신이 '일월·호국·개척 정신'으로 대변된다는 것을 알게 되었다.

　　'연오랑세오녀 설화'에서 엿볼 수 있는 빛의 고장, 국난이 있을 때마다 군사적 요충지로서의 역할을 다한 호국의 고장, 그리고 무엇보다 한국 산업화의 중추적 역할을 담당해 온 포항제철과 새마을 운동에 담긴 개척 정신이 오늘날 포항의 시대 정신이라고 할 수 있다. 철강 산업이 전자 및 섬유 산업과 더불어 수출 주력 산업으로 대한민국의 산업화와 경제 발전을 이끈 주역이었고, 그중에서도 철강 도시 포항은 '영일만의 기적'으로 대한민국을 선진국 반열에 올리는 토대를 마련한 거점 도시이다. 이러한 측면에서 포항 시민은 자긍심을 가지기에 충분하다.

그러나 철강 산업 도시로서의 색깔이 강해 포항이 204km에 달하는 아름다운 해안선을 품고 있는 해양 스포츠의 최적지라는 사실은 가려져 있는 것 같다. 또한 포항이 가진 천혜의 자연환경과 함께 포항시에서 꾸준히 추진해 온 다양한 문화 콘텐츠 사업에 관해 제대로 아는 사람은 그다지 없는 것 같다.

포항은 철Steel을 예술Art로 승화시켜 축제Festival를 여는 도시다. 이름하여 '포항스틸아트페스티벌', 철강 도시의 이미지를 살려 '철Steel'을 특화한 예술 축제로 지난 2012년에 시작되어 올해 10주년을 맞는다. 2015년부터 지역 철강 기업체의 참여로 작가, 기업, 작가&기업 협업 작품들이 포항 시내 곳곳에 전시되어 있다. 포항문화재단은 지난 9년간 포항스틸아트페스티벌을 통해 배출한 약 180여 점의 작품을 상설 전시함으로써 시민들이 일상 공간에서 예술을 만날 기회를 넓혀 왔다. 지난해에는 한국문화예술위원회 공공예술사업으로 '포항스틸아트투어 앱'을 개발하여 스틸 아트 작품 177점의 위치와 작품 설명을 담아 시민들이 손쉽게 예술 작품을 감상할 수 있도록 했고, 올해는 시민들이 스틸아트 작품을 직접 관리하는 SAMSteel Art Manager를 기획해 스틸아트 시민 거버넌스를 구축해 나가고 있다.

포항만이 가지고 있는 이 특별한 문화 콘텐츠를 따라가는 길에 '포항스틸아트로드Pohang Steel Art Road'라는 이름을 붙여 보았다. 그러면 지금부터 '포항스틸아트로드'를 따라 포항이 지금까지 걸어온 길과 앞으로 걸어갈 길을 탐색해 보자.

철의 탄생

출발지는 포스코^{구 포항제철소} 2문이다. 여기를 시작점으로 잡은 이유가 있다. 정문 입구에 일자형으로 설치된 '자원은 유한, 창의는 무한'이라는 슬로건 때문이다. 포스코의 역사이자 긍지와 자부심의 상징인 고^故 박태준 포스코 명예회장의 경영 철학이 응축된 슬로건이라는 점에서 의미 부여는 충분할 것이다. 청암 박태준의 철학과 창업 정신은 현시대를 살아가는 우리에게도 귀한 지침서가 아닌가?

내가 기억하는 포항제철의 첫 이미지는 구 형산대교 위를 가득 메운 자전거 출퇴근 행렬이다. 40여 년 전 어린 눈에 비친 포스코 직원들

포스코 제2문

의 황토색 유니폼 물결이 아직도 내 기억에 선명하게 남아 있다. 한국 전쟁 이후, 제2차 경제개발 5개년 계획의 핵심 사업으로 종합제철소 건설이 포함되면서 1968년에 본격적으로 포항 영일만 갯벌에 제철소 건립이 추진되었다 하니, 포항제철의 역사도 50년이 넘는다. 무한 경쟁 시대 기업의 생명력은 어디까지일까, 잠시 생각해 본다.

제철소의 심장인 용광로는 쇳물을 생산하는 대형 설비다. 높이가 110m나 되어서 고로高爐라고 부른다. 용광로를 통해 나온 쇳물은 제강, 압연 등 후공정을 거쳐 우리 일상에 쓰이는 다양한 철강 제품으로 가공된다. 용광로 내부에서 만들어지는 또 다른 부산물인 슬래그는 100% 비료나 시멘트 등으로 재활용된다고 하니 그 쓰임새가 완벽하다.

철의 예술

포스코 용광로 굴뚝을 보며 포항송도해수욕장을 향해 형산강변 도로를 따라 달린다. 자전거 도로가 잘 조성되어 있어 형산강의 시원한 바람을 맞으며 달리기엔 그만이다. 송도 해변이 펼쳐지는 지점에 원형의 은빛 워터폴리 전망대가 눈부시게 맞아준다. 철이 예술로 빛나는 형상이다. 송도해수욕장에 다다르면 '평화의 여신상'이 기다리고 있고, 바다 쪽 시선이 머문 곳에 포스코의 굴뚝들이 우뚝 솟아 있다.

근처 송도 솔밭 도시 숲에 들어서면 소나무가 우거진 숲길을 따라 생기 있는 조형물들을 곳곳에서 만나게 된다. 스틸아트페스티벌 작품

송도 평화의 여신상

중 7점이 여기 솔숲인 송림 테마 거리에 전시되어 있다. 작품 앞에 서서 포항스틸아트투어 앱을 가동해 본다. 작품을 이해하기 위한 좋은 수단인 것 같다. 조금 더 달리면 송도활어회센터에 도착하는데, 이곳 3층에 위치한 포항수협 갤러리에는 시민작가들의 작품들이 수시로 전시되어 일상 속의 문화를 접할 수 있다. 반세기 전, 영일만 갯벌을 메워 들어선 포항제철소와 그 포항제철소를 안고 있는 해안은 문화와 예술을 품고 매일 밤 빛을 교환한다. 용광로의 불과 포스코의 야간 경관 조명에 더해 지역 예술인들의 눈빛이 반짝인다. 그들은 철을 녹여 문화 예술품을 만들어 낸다.

아이스커피를 한잔 마시고 다시 북쪽으로 달린다. 1.8km의 하얀

송림테마거리

백사장을 가진 영일대 해수욕장에 도착하면 바다 위 웅장한 누각이 먼저 눈에 들어온다. 1975년 개장하여 오랫동안 포항북부해수욕장으로 불려오다 2013년 영일대해수욕장으로 개명한 이력을 가지고 있다. 시원한 바닷바람을 맞으며 야간 산책하기에 더 없이 좋은 환경이다. 무엇보다 포스코 야경처럼 영일대해수욕장 밤 풍경의 화려함에도 매료된다. 해변을 따라 곳곳에 버스킹busking을 하는 버스커busker들이 저마다 악기와 작은 마이크, 휴대용 앰프 등을 소품으로 산책하는 시민들과 관광객들에게 본인들의 음악 세계를 알린다. 철을 제련하듯 음악을 다룬다. 그들과 같이 호흡한다. 이 모든 것이 어우러져 거리 문화가 된다. 영일대해수욕장 근처에는 총 18점의 스틸 아트 작품이 바다와 하늘과 바람을 담아 그들만의 문화를 만든다.

예술의 진화

다시 해안 도로를 따라 신나게 달린다. 포스코에서 생산되는 초경량 고강도 스틸로 만든 자전거를 타고 해안 도로를 달리는 상상을 해본다. 코발트블루 빛깔의 바다 위로 케이블카를 타고 영일대해수욕장과 포스코 야경을 바라보게 될 날도 곧 올 것이다. 바다를 끼고 돌아가는 도중 만나게 되는 환호공원 주차장 위쪽 정상부에는 포스코 클라우드Cloud 조형물 설치 공사가 한창이다. 환호공원에 국내 최초의 체험형 랜드마크로 설치되는 클라우드구름 조형물은 환호공원에 내려앉은 구름의 이미지를 형상화한 것이라고 한다. 포스코가 제작에서 설치까지 완료한 뒤 포항시민을 위해 기부 채납한다고 하니 기업 이윤의 지역 사회 환원 차원에서도 의미 있는 일이다. 무엇보다 포항의 정체성인 '철의 정신'을 예술로 승화시킨 작품이라는 점에서 기대가 크다.

환호공원 바로 옆에 위치한 포항시립미술관에도 다양한 조형 예술 작품들이 전시되어 있다. 포항만이 가지고 있는 문화적 독창성이 잘 드러나는 '스틸아트페스티벌'을 통해 일상에서 만나는 예술과 문화가 자리 잡기를 소망해 본다.

이 밖에도 포항은 문화예술 도시로 도약하기 위한 다양한 노력을 지속하고 있다. 2016년 포항문화재단 문화도시 조성사업의 일환으로 시작된 '원도심 문화예술 창작지구 꿈틀로'는 조각, 공예, 도예, 음악, 공연 등 다양한 그룹의 예술가들이 활동하는 놀이터다. 스틸 공방에서 거리 축제까지, '꿈틀로'는 작가들의 문화예술 활동과 시민들의 문화적

영일대해수욕장

환호공원 포스코 클라우드 구상도

제2부 포항의 길을 이야기하다

향유를 위한 공간으로서의 의미 있는 역할을 할 것이라고 기대된다. 중앙동 도시재생 뉴딜사업과 연계한 창작의 공간에서 무한한 예술의 세계를 만날 수도 있다. 실로 '자원은 유한, 창의는 무한'이라는 슬로건에 딱 맞다.

'포항스틸아트로드' 탐방을 끝내며, 포항의 영일만 뜰^{Yard}안에 들어선 철강 공단 불빛이 꺼지지 않는 별빛이 되어 쏟아지는 상상을 해본다. '포항스틸아트로드'를 통해 포항이라는 도시가 지향하는 방향과 가치를 함께 공감하고 즐겼으면 좋겠다. 청암 박태준 회장의 '우향우 정신'이 향했던 그 곳, 영일만의 기운이, 포항 시민의 저력이 용솟음친다. 더 큰 포항을 향한 도시의 항해가 다시 시작된다. 그렇게 포항이 다시 뜬다.

대한민국 해병대의 길 Marine Road
— 운제산 대왕암^{천자봉} 등반로

박하서

    세상에는 두 종류의 사람이 있다고 한다. 길을 따라 걸어가는 사람 그리고 그 길을 만든 사람.

    길이 생긴다. 다니는 주체에 따라 자동차가 다니는 고속도로 및 자동차 전용도로, 기차가 다니는 기찻길, 선박이나 항공기가 다니는 뱃길과 하늘길, 자전거가 다니는 자전거 길, 사람들이 걷는 올레길, 둘레길, 해파랑길, 선비의 길, 사색하면서 산책을 하게 되는 사색의 길 등등 가히 길의 풍년이다. 그런데 군인들이 지나가면 생기는 길이 있다. 바로 행군로다. 길이 아닌 길도 해병대가 지나가면 길이 되며 그 길에 해병의 땀과 눈물의 발자취가 남는다.
    전국 각지에서 영원한 해병이라는 이름으로 우리 대한민국 해병들이 추억하고 있는 포항의 길들이 있다. 포항 오천읍 해병대 기지에서 산악 및 생존 훈련을 위해 비학산, 내연산의 길을 따라 오지 중에 오지 계곡인 옥계폭포와 연결된 죽장면 하옥리 가는 길. 상륙 훈련을 하면서 청하면을 지나 독성리, 조사리 가는 길. 무박 행군으로 자면서 걷던 호미반도길. 호연지기를 키우며 걷고 또 걸어 일출을 맞이하던 경주 토함산 호연지기길. 문무대왕의 호국의 기상을 되새기며 포항에서 경주 문무대왕면의 문무대왕릉까지 가는 호국의 길. 각종 전술 훈련을 위해 걷고 또 걸어 길등재를 넘어 장기 읍성을 거쳐 수성 사격장으로 가던 길. 해병대 포항 기지 내 아름드리 소나무와 벚나무로 어우러진 해병대 구보로 및 일월성지 둘레길 등등.

그 많고 많은 해병 대원들과 함께 하고 있는 길 중에서 장교든, 부사관이든, 해병이든, 빨간 명찰을 달기 위해서는 반드시 가야만 하는 길은 운제산 대왕암, 즉 천자봉이다. 이 길은 '한번 해병이면 영원한 해병'이 되기 위해 걸어야 하는 최초의 길이다.

그들은 빨간 명찰의 해병대 일원이 되기 위하여 포항에 왔고 그 목적지에 운제산 대왕암, 즉 천자봉이 있다. 천자가 난 봉우리라 하여 이름 붙여진 천자봉은 해병대 창설과 더불어 해병대 장병 양성의 상징적 영봉靈峯으로 해병대 구성원이면 현역이나 예비역 할 것 없이 누구나의 가슴속에 깊이 자리매김한 해병대의 정신적 지주라고 할 수 있다. 천자봉은 언제나 한결같이 해병대의 요람지를 지키면서 돌보아 오고 있다.

천자봉은 당시 해병대 사령부가 자리 잡은 경남 진해현재 창원시 진해구 덕산을 병풍처럼 굽어보는 위치에 있어서 평소부터 해병대원들에게 경외敬畏의 대상이 되어 왔던 곳이다. 1949년 4월 15일, 제1기 신병 수료식을 기념하여 등반에 나섰던 것이 해병대와 천자봉의 첫 인연이었다.

특히 해병대 지휘관들은 평소 훈련에서 땀을 많이 흘려야 전쟁터에서 피를 적게 흘린다는 교훈이 있듯이 우리를 지켜보는 천혜의 훈련장이 되는 천자봉에서 많은 땀을 흘려야 우리가 지향하는 국군 최강 부대가 되는 전통 확립에 초석이 될 수 있다고 강조했다.

천자봉은 진해 소재 장복산 산맥 동쪽에 위치한 시루봉_{실제 천자봉은 시루봉 남서쪽에 위치하고 있음}으로 비무장 구보로 40분 정도 소요되는 여기저기 돌출된 암석과 모난 돌덩이가 깔려 있는 해발 650m의 험산이다. 하지만 해병대 훈련의 절정은 천자봉으로 완전무장 구보를 하는 것이 되었고 오늘날까지 정신과 육체를 단련시키기 위해 해병대 대원들에게 긍지를 갖게 하는 훈련으로 그 맥을 이어 오고 있다. 또한 천자봉이 해병대의 역사 속에서 갖는 의미는 수많은 해병들이 어렵고 힘든 천자봉 정복을 통하여 상승불패의 해병대 전통과 해병혼을 계승하여 국난 극복 현장에서 '귀신 잡는 해병', '무적 해병', '신화를 남긴 해병'이란 전통을 창조하였기 때문이다.

창설 초기부터 해병들의 발에 닳고 피와 땀에 얼룩진 천자봉은 신병 517기와 부사관 후보생 173기까지 35년 동안 어떠한 곤경도 이겨낼 수 있는 인내심과 강인한 체력 및 싸우면 반드시 승리해야 한다는 확고한 필승의 신념을 몸소 체험하게 하고 상승해병常勝海兵의 빛나는 전통을 계승할 수 있는 능력을 길러 주었다. 이후 1985년 교육 제도의 변경에 따라 진해에서 포항으로 이전함에 따라 천자봉의 혼魂을 계승 발전시키기 위하여 지역 내 지형 정찰을 통해 해병대 장병 육성을 위한 요람의 상징적 영봉으로 경북 포항시 남구 대송면에 위치한 해발 471고

173

지 운제산 정상 9부 능선에 있는 대왕암을 제2의 천자봉으로 명명하여 신병 518기^{'85. 2. 25.}와 부사관 후보생 174기^{'85. 2. 28.}부터 천자봉 정복을 통하여 해병대로서의 자긍심과 해병으로서의 각오를 다짐하고 있다. 신라시대 수박도 수련을 하며 호연지기를 기르던 화랑들의 정신을 이어받아 새로 탄생한 운제산 천자봉. 오늘도 그 길을 걷기 위해 천자봉 행군 준비를 한다. 해병대원이 되기 위하여, 작지만 강한 해병대가 되기 위하여 오늘도 군화 끈을 동여맨다.

우리 해병들은 극기주라는 훈련 기간 동안에 지치고 지친 몸을 이끌고 천자봉 행군을 위해 포항의 신라 26대 진평왕이 창건한 천년 고찰인 오어사 주차장 공터에 집결한다. 그리고 오어사 방향으로 가다 보면 일주문이 나오는데 우리 해병들은 일주문을 못 미쳐 원효교 계곡 우측 산길을 택한다. 서로 할 수 있다는 동기들의 결의와 독려의 목소리가 간간이 들린다. 어느덧 원효대사가 수행했다는 자장암 주변 산불 감시 초소에 다다른다. 산불 감시 초소에서 잠시 휴식 시간을 주는 듯하나 인원 파악을 위한 것이다. 이제 운제상 정상으로 가는 길이 나온다. 걷고 또 걷다 보면 땀이 범벅이 되어간다. 그 산천초목도 떨게 한다는 해병대 DI^{Drill Instructor, 훈련 교관}의 "나는 할수 있다!^{I can do it!}" 외침과 함께 플래시가 비추어진다. "한번 해병은 영원한 해병", "누구나 해병이 될 수 있다면 나는 결코 해병대를 선택하지 않았을 것이다."라는 글귀가 빨간 바탕에 노란 글씨로 선명하게 보이는 입간판의 안내를 받으며 한 걸음 한 걸음 더 내딛는다.

'소수 정예 해병대'를 추구하는 해병대의 구호   운제산 대왕암 입구에 자리한 천자봉 정복 훈
련의 유래

거의 정상에 온 듯하다. 지칠 대로 지쳐 있다. 다행이다. 운제산 전
망대 이정표가 보인다. 그러나 우리 해병들은 중간중간의 쉼터 의자를
포기하였듯이 운제산 정상의 전망대 쉼터도 포기하고 우회하여 대왕
암, 즉 천자봉으로 향한다. 이정표가 없어 그냥 지나치기 쉽지만 가다
보면 왼쪽으로 한 봉우리가 보이고 그 봉우리에는 헬기장이 설치되어
있다. 헬기장에서 바라다보이는 포항의 야경을 뒤로 하고 걷다 보면 웅
장한 바위가 앞을 가로막는다. 대왕암 천자봉이다. 그들이 그토록 갈망
하던 빨간 명찰을 달게 되는 마지막 관문이 되는 천자봉 훈련의 유래가
눈에 들어온다.

천자봉 정상에서는 서로 얼싸안고 해병대 박수^{화랑도 수련 무도인 수박}
^{도의 수벽 치기}를 치며 해병대 군가도 부르고, 해병대원으로서 나아가야 할
길인 「해병의 긍지」를 외친다.

나는 국가 전략 기동 부대의 일원으로서 선봉군임을 자랑한다.

하나. 나는 찬란한 해병대 정신을 이어받은 무적 해병이다.

하나. 나는 불가능을 모르는 전천후 해병이다.

하나. 나는 책임을 완수하는 충성스런 해병이다.

하나. 나는 국민에게 신뢰받는 정예 해병이다.

하나. 나는 한번 해병이면 영원한 해병이다. 이상!

해병의 긍지, 이것이 바로 해병대 일원이 되는 길이다. 그들은 하산하여 부대에 복귀하면 빨간 명찰을 가슴에 달게 된다. 드디어 해병대의 일원이 된 것이다. 그들은 오늘을 기억할 것이다. 그리고 영원한 해병으로 전국 방방곡곡, 세계 곳곳에 자리하고 살아가면서 동기들과 함께 웃고, 울며, 땀 흘린 천자봉을 잊지 못할 추억으로 간직할 것이고 그 추억은 그들로 하여금 다시 이곳 운제산 천자봉을 찾아오게 할 것이다.

길이 있다. 사람이 다닌다. 그리고 삶이 만들어진다.

길은 다니는 주체에 따라 여러 이름으로 불리운다. 30년 해병대라는 외길을 걸어온 필자는 운제산 천자봉 가는 길에 대한 애환이 많다. 해병대의 딸, 아들로 키운다는 아빠의 해병대 사랑으로 아내와 어린 딸, 아들을 데리고 천자봉을 등정하던 일이 가슴에 남아 있다. 낙오 직전의, 쓰러져 가는 후보생과의 잊지 못할 추억들도 간직하고 있다. 전국의 수많은 영원한 해병으로 살고 있는 그들이 포항에 남겨 준 추억의 발자취가 훗날 그들이 젊은 날의 땀과 눈물을 추억하며 다시 돌아오는 그러한 길이 되기를 희망해 본다.

포항에서는 매년 해병대 문화 축제를 개최한다. 100만 예비역 해병대 전우와 포항 시민들이 어우러지는 축제의 마당이다. 코로나로 현재는 중단되어 있지만 다시 시작될 때는 포항 시민들과 예비역 해병들이 손에 손을 잡고 공존의 그 길을 걷는 날을 기대해 본다. 우리 해병들이 행군을 할 때 지쳐가는 몸과 마음을 다잡기 위해 행군로 곳곳에 설치되어 있는 문구들이 해병대를 품고 있는 포항의 또 하나의 문화로 긍정적으로 자리매김하길 기대해 본다.

오늘 천자봉 가는 길, 운제산 등반길에 오른다. 비가 내린다. 빗길이 된다. 푸르디푸른 나뭇잎에 떨어지는 빗소리가 그 누구도 흉내낼 수 없는 오케스트라의 연주와도 같다. 어느 등산길에나 있는 깔딱고개에서 지쳐 갈 때면 "한번 해병은 영원한 해병"이라는 해병대 구호가 새겨진 문구에 힘입어 한 걸음 한 걸음 뚜벅뚜벅 걸어 오른다. 그러다 보면 어느덧 운제산 전망대에 오른다. 돌아보니 지나온 길이 여러 갈래가 굽어진 만만치 않은 길의 연속이었다. 그게 인생인가 보다.

운제산 정상 전망대 쉼터 정자에서 해 돋는 영일만의 장쾌한 기상과 손에 잡힐 듯한 그윽한 능선을 한눈에 관망하면서 지난날들을 뒤돌아보는 자기 성찰의 시간을 가져 본다. 오늘 가는 이 길이 옳은 길인지, 바른 길인지 생각하면서 다시 한 발 한 발 내딛고 있다. 야호! 천자봉이다, 대왕암이다. 천자봉 훈련의 유래, 대왕암의 유래를 되새기면서 천자봉 한 곁에 있는 해병가족 모임에서 가져다 놓은 "한번 해병은 영원

운제산 대왕암! 우리 해병들은 천자봉이라 부른다.

한 해병"이라는 석비가 눈에 들어온다. 아마 우리 해병들의 부모들이리라. 해병대를 선택한 멋지고 썩 괜찮은 자녀들을 입대시켜 놓고 사랑하는 아들딸들이 빨간 명찰을 달기 위해 오른다는 천자봉에 올랐을 것이다. 눈가에 빗물이 흐른다. 이곳에서 팔각모 사나이가 영원한 해병으로서 팔도 사나이가 되어 훗날 그들의 자녀들을 데리고 이곳 포항 천자봉을 다시 찾을 것이다.

오늘도 이 길을 포항 시민들과 전국의 등산 애호가들이 걷고 있고 우리 해병대원들은 무장을 한 채 행군하고 있다. 포항 시민들과 등산가들은 산이 좋아서 "야호!"를 외치고, 해병대원들은 괜찮은 해병, 소수정예 해병대원이 되기 위하여 운제산 자락에 거대한 발자국을 남기면서 큰 목소리로 외친다. "나는 한번 해병이면 영원한 해병이다." 그 시작이 우리의 포항이다.

「영원한 해병」(박하서, 2021년 作. 느티나무에 자필 자각)

이제 하산길이다. 딸에게서 전화가 왔다. 아마 내가 정상에서 올린 가족 단톡방에서 사진을 본 모양이다. 내려올 때 더 조심하란다. 그래 내려가자, 올라올 때 보지 못한 그 꽃을 만날 수 있으려나. 멀리서 운제산 오어사 종소리가 은은하게 들린다.

> "처음부터 길은 없었다.", "한 사람 두 사람 걷다 보면 자연스레 길이 된다.", "그리고 길이 끝나는 곳에서 길은 다시 시작된다."
>
> ― 루쉰, 『아Q정전』

동빈바다길
— 아트로드 동빈

서종숙

'동빈' — 너의 이름을 불러 본다

아주아주 오래 전 만선의 깃발을 나부끼며 수많은 어선이 드나들 때, 추운 겨울 부둣가 여기저기 드럼통에 장작불이 훨훨 타오를 때, 사람들도 바람처럼 몰려들었던 과거가 있었지. 비린내가 코끝을 강하게 자극하지만 그래도 매일매일 희망을 꿈꾸었지. 수많은 정어리와 청어가 산더미처럼 쌓이고 싱싱한 바다 내음을 가득 뿌렸었지. 바다 사나이들이 망망대해를 헤매다 만선의 꿈을 가득 안고 다시 너의 품으로 돌아왔지. 너의 품은 지친 몸뚱이를 쉬어갈 수 있는 그런 엄마의 품이었지.

하지만 너에게도 아주 아픈 상처가 있었네. 1923년 강한 폭풍우에 모두들 두려움에 떨며 배가 난파되고 많은 사람들이 아우성치던 소리가 아직도 들리지. 그래 알아. 네가 얼마나 울부짖었는지를…. 그 핏빛의 눈물과 아픔을 경험한 사람만이 이해할 수 있는 그런 일이지. 그래,

너의 아픔을 누가 이해할 수 있을까?

하늘은 늘 아픔만 주는 게 아니지. '정어리 대군남하大群南下'라고. 온통 정어리를 가득 실은 어선과 24시간 쉴 새 없이 가공 공장은 돌아 가고, 그때 너는 국내 최대의 무역항이었지. 삶의 길은 그런 것 같아. 올 라가다가도 내리막길이 있는 것처럼, 내리막이 있다면 다시 오르막길 이 있는 것처럼.

그렇게 너의 바다는 망망대해 여행자의 삶으로 살아온 수많은 사 람들의 꿈을 간직한 곳이었어. 누구나 만선을 꿈꾸며 다시 돌아오고 싶 은 곳. 이제는 너를 '친수 공간', '수변 공간'으로 명명하지만 정작 네가 꿈꾸던 아름다운 기억은 잊힌 지 오래되었지. 그래, 그때는 그랬지.

동빈내항, 영화榮華로운 나날을 뒤로 하고 오염된 너의 생명의 물 길을 보며 가슴이 아려오는 건 왜일까? 인간의 욕심으로 닫아두었던 물길을 다시 열어젖히며 그래도 참 다행이라고….

너를, 나를 토닥토닥하려다. 아픔의 눈물과 기쁨의 환희를 함께 간직한 곳. 수많은 사람들의 희로애락이 있는 그런 곳. 그곳이 동빈바다 길이지. 너와 함께 걷다 보면 내 삶도 여유로워질까? 세상을 가득 안을 수 있을까?

이제는 너를 또 다른 이름으로 불러 본다. 생명의 물길을 예술로 다시 수혈하여 너를 통해 삶의 길을 걸을 수 있도록, '너의 이름을 다시 지어줄게.'

‘아트로드 동빈’ — 자! 지금부터 나와 함께 걸어볼까?

    옛 수협 냉동 창고의 얼음길만이 덩그러니 이곳이 예전 만선의 희
망을 담은 그곳임을 알리고 있네. 도로를 가로질러 위치한—옛 영화로
움을 간직한—곳에서 시작하여, 장미꽃 향기를 맡으며 비린내 나는 그
물과 물고기 잔해들을 스쳐 지나가다 계선주에 묶여있는 밧줄을 보며
‘그렇게 내 삶에도 줄이 있다면 어떨까?’, ‘누군가가 나의 줄이 되어 준
다면 어떨까?’라고 내뱉으니, “그래! 내가 너의 줄이 되어 줄게.”라는 말
로 화답하는 듯했지. 그래 나에게도 줄이 있네. 네가 나의 줄이었네. 망
망대해 거친 파도를 헤치고 생을 살다온 강인함의 상징이 나의 줄이 되
어 준다면 힘든 일이 어디에 있으랴. ‘나에게도 줄이 있다네!’

계선주—쉼의 자리

그 줄을 당기니 저 멀리 희망을 가득 낚은 만선이 보이네. 바다에 버려지는 유목流木을 엮어 예술을 입히니 색색깔 희망이 가득하네. 나도 희망 한 조각을 마음에 담아보네. 나의 희망希望은 무엇일까? '너에게 예술로 날개를 다는 것'이라고 할까?

新내연삼용추─진경산수

길 건너 내연산의 폭포가 보이네. 알록달록 바위의 강인함도 보이고. 저곳에 산다면 신선이 어디 따로 있으랴. '우화등선羽化登仙, 신선이 되어 하늘을 나는 형상일세'이라고 했던가. 삼용추 폭포의 물줄기가 바위에 부딪혀 정화의 물이 되어 다시 너를 깨끗하게 해주겠지. 겸재 정선이 내연산의 삼용추를 보듯이 이곳에서 진경眞景을 보게 되네. 세상을 맑게 보라고. 그렇게 살아가다 보면 삶은 너의 편일 거라고 속삭여주네. 어떤 비바람에도 끄떡없겠네.

길을 가다 자전거 타고 가는 사람을 살짝 피하고 가족과 산책하는 강아지와 인사도 하며 따뜻한 햇살을 받으며 걷는 이 길이 누군가의 추억의 장소이지 않을까 생각해보네.

참! 영일이 오빠가 예전에 이곳이 나의 손바닥 안이라고 으스대며 이야기했었지. 40년 전 중학교 시절 송도와 동빈내항을 연결하는 황토 나룻배와 줄 타고 건넌 등곳길 추억담도 들었네. 그때의 깨끗한 동빈 바다가 이제는 배에서 나온 수많은 부산물로 덮여 눈살을 찌푸리기도 하지만 이것 또한 함께 살아가야 하는 삶의 단면이라고 생각하니 그래도 볼만하네.

길을 가다 후각을 자극하는 비린내에 내가 인상을 찡그리니 '먼 바다가 전해주는 바람의 향기'라고 너는 이야기해주네. 나도 너처럼 먼 바다 바람의 향기를 맡으며 망망대해로 항해하는 꿈을 잠시 꿔보네. 나의 바다는 태풍우가 몰아치고 있나, 아니면 햇살이 잔잔하게 나를 맞이해줄까….

그물을 손질하는 어부들 틈에서, 배 안에서, 철공소에서, 노동자들의 땀방울에서 치열하게 살아가는 삶의 길을 걷는다. 동빈은 삶이 곧 예술인 아트로드이다.

그 삶 속에 누군가의 추억이 있고, 가족을 위한 꿈이 있고, 삶의 희로애락이 있고. 그렇게 너와 걷는 이 길이 잊었던 나의 삶을 다시 생각해보게 하네. 삶은 그런 것일 거야. 망망대해 거친 파도를 헤치고 살아가다가도 잔잔한 햇살에 잠시 눈을 붙이기도 하고, 그렇게 파고의 높낮이에 적응하며 살아가는 거라고.

바다길을 따라 걸으며 동빈, 너의 친구들 이름을 한 명씩 한 명씩 불러본다. '동주, 미례, 유성, 승리, 동성, 성광, 하영, 제우스, 해성, 진양, 상일, 해양, 재창, 만금, 유일, 나경, 수환, 제2해룡, 동광, 영일, 하나, 수양, 화성, 만선…'

　'진양'은 먼 바다를 항해할 준비를 하고 있네. 급유하고 배부르다고 뱃고동 소리로 나에게 알려주네. 러시아 깃발을 흔들며 항해의 설렘을 자랑하네. 먼먼 바다를 가로질러 블라디보스토크까지 가려나. 동해를 거슬러 가다가 많은 친구들을 만나겠지만 꼭 귀신고래를 만나면 잘 있는지 안부를 전해줘. 그리고 동빈도 구룡포도 너를 기다린다고, 전해줘.

출항을 기다리는 진양호

기다림이 있는 곳. 그곳이 이곳이네. 누군가 다시 돌아오기를 기다리는 곳. 기다림의 희망을 꿈꾸는 이곳, 쉼의 이곳, 정박한 너의 친구들의 이름을 부르며 걸어보는 길. 바다를 지키는, 어부를 지키는 해양경찰서를 지나 멋진 뷰를 가진 배 모양의 예총 건물을 지나며 어느 순간 동빈큰다리에 다다랐네.

동빈큰다리 위에서 바라보는 너의 모습은 먼먼 바다를 항해하고 돌아온 배를 품고 있는 엄마의 가슴이네. 거친 항해 길에서 겪은 상처를 따뜻하게 품어주는 곳. '아! 참 좋다. 네가 있어서. 그렇게 나를 품어주어서.'

'포항의 아트로드 동빈' — 나를 불러줘! 너의 길이 되어 줄게

아트로드 동빈! 너와 이야기하며 나도 평온을 찾게 되네. 너와 걷는 이 길이 삶을 자각하고 나를 되돌아보게 하는 치유의 길이었네. 그렇게 아무렇지도 않게 '내가 네 마음 다 안다.'라고 토닥토닥 믿어주는 곳. 그리고 기다림이 있는 곳.

너와 함께 걷는 이 길이 내 오래전 삶의 원형에 잠시 머무르며 쉬게 하는 고치 속이라고. 그러다 다시 나의 새로운 날개를 퍼득이며 먼 바다로 항해하게 하는 잠시 쉬어가는 집이라고.

겸재 정선이 그랬을 것이다. 잠시 쉬어가는 청하의 자락에서 진경

엄마의 가슴 같은 동빈내항

眞景을 발견하고 예술로 마음에 날개를 단 것 같다고. 동빈, 이젠 너에게 겸재 정선의 진경眞景의 예술로 날개를 달아주기를 소망해 보네. 너의 삶의 길, 고난의 길에 예술로 날개를 달아주고 싶네.

　동빈을 걷다 예술로 마음에 날개를 다는 곳. 그 길을 걷다 마음 한 켠이 아려온다면, 그때는 나를 불러줘! '아트로드 동빈'과 함께 너의 길이 되어 줄게.

구룡포 광남서원길
— 성동 메뚜기마을을 그리며

서희정

"대한민국의 주권은 국민에게 있고, 모든 권력은 국민으로부터 나온다." 대한민국 헌법 제1조 2항은 국민에게 주권이 있음을 분명히 선언하고 있다. 그러나 불과 100여 년 전, 소수의 지배층이 왕을 내세워 모든 국가 권력을 지배하던 시대인 조선에서 이는 위험천만하고 불온한 사상이었다. 목숨을 걸지 않고서는 말할 수도 없었고, 상상조차 금기시됐다.

서구의 경우, 계몽주의 시대를 거쳐 잉태되고 자라난 인간 해방, 사람 존중의 사상은 수많은 피의 역사를 거치며 인간의 자유와 평등, 주권 재민 의식으로 뿌리내렸다. 우리나라에서도 마찬가지였다. 조선 시대에 동학혁명을 거치며 겨우 싹튼 '사람 존중 사상'은 일제의 식민 지배와 남북 분단, 군사 독재 시대를 지나면서 수많은 선각자들의 핏빛 투쟁을 자양분 삼아 어렵게 착근했다. 그나마 절차로서의 민주주의가 확립된 것은 불과 100년 미만이다.

조선 시대 왕실 내부의 치열한 투쟁과 갈등, 조선조 500년 역사에서 숱하게 목격하는 당쟁, 사화는 국가 권력을 차지하기 위한 지배층 내부의 참혹하고 잔인한 권력 투쟁이었다. 우리가 사는 곳 포항에서도 그 권력 투쟁에서 밀려난 이들의 흔적을 숱하게 볼 수 있다. 포항시 남구 구룡포읍 성동리에 있는 '광남서원廣南書院'도 그 흔적 중 하나다.

광남서원의 주인공 황보인皇甫仁은 조선 초기 왕실 내부 권력 투쟁의 참혹한 희생자였다. 1414년 문과에 급제하여 세종 때 김종서와 더불어 6진을 개척하며 우의정이 됐고, 그 이후 지속적으로 엘리트 코스를 밟았다. 문종의 고명을 받아서 단종을 보필했고 황희의 후임이었던 하연이 퇴임하자 그 뒤를 이어 영의정까지 올랐던 인물이다.

> 나는 너희들을 강요하지 않겠다. 따르지 않을 자들은 가라. 대장부가 이 세상에 태어나서 한 번 죽는다면 사직社稷에서 죽는 것이다. 나는 혼자서라도 가겠다. 계속 만류하는 자가 있다면 먼저 그부터 목을 베겠다.
>
> —『연려실기술』세조, 정난조

어린 단종을 몰아내고 왕위에 오른 수양대군이 주변에 했다는 말이다. 수양대군은 자신의 권력욕을 가로막는 이들에게 잔혹하고 거침없었다. 혈육인 조카마저 훗날 역모의 혐의로 살해했다. 하물며 피하나 섞이지 않은 육조 대신들이야 오죽했으랴. 어린 단종을 보필하던 문신 황보인은 1453년 계유정난 때 좌의정 김종서金宗瑞, 우의정 정분鄭苯, 우찬성 이양李穰, 이조판서 조극관趙克寬 등과 함께 피살됐다.

광남서원

사후 수백 년이 지난 1791년^{정조 15}에 지방 유림의 공의로 그의 학
문과 덕행을 추모하기 위해 창건하여 위패를 모시고 있는 곳이 바로 광
남서원이다. 광남서원은 황보인의 충의와 덕행 못지않게 충비^{忠婢} 단량
^{丹良}의 감동적인 이야기가 전해 오는 곳이기도 하다. 살벌한 권력 투쟁
의 피비린내 역사에서도 오롯이 한 생명을 살리고자 했던 스토리가 만
들어진 것이다. 그 살기등등한 권력 암투의 현장에서 여종의 신분으로
주인의 피붙이를 살리려 했던 단량의 숭고한 희생은 반상의 차별이 당
연시됐던 신분제 조선조 500년 역사에서 그 유례를 찾기 어려운 '생명
을 살리는 감동 스토리'다.

부친 황보인이 화를 당하기 전, 이 소식을 전해 들은 황보인의 차
남 흠은 곧 황보 가문에 멸문의 화가 닥쳐올 것임을 알고 다급한 궁리

끝에 가장 믿을 수 있는 충비 단량을 불러 대를 잇게 했다. 새벽녘, 아기를 숨긴 물동이를 이고 경비가 삼엄한 성문을 통과해 도성을 빠져나온 단량은 팔백 리 길을 걸어서 경상도 북쪽 봉화에 위치한 닭실마을에 잠시 몸을 의탁했다가 이내 불영계곡과 태백산맥을 넘어 동해안의 한적한 바닷가 경상도 포항의 호미곶면 구만리의 집신골에 숨어 살며 황보 인의 손자 단을 자식처럼 애지중지 키워 냈다. 단량은 단이 마침내 성년이 되었을 때 조상에 대한 내력을 알려주었다.

충비단량지묘

단濡의 아들은 서瑞이며, 단의 손자는 강剛이고, 단濡의 증손은 억億이다. 나중에 증손 억이 포항시 구룡포 성동 3리로 이주하여 새로운 세거지世居地를 이루었다. 경상북도 포항시 남구 구룡포읍 성동리에 영천 황보 씨 집성촌이 있는 것은 이런 연유다. 충비 단량의 희생으로 멸문지화를 면한 황보 가문은 4대째 숨어 살다가 290년이 지난 숙종 대에 와서 역적의 누명이 풀렸다. 황보인과 두 아들인 황보석, 황보흠은 관적을 회복했다. 290년 만에 누명을 벗어 충신으로 추앙받게 되자 황보씨 가문이 되살아나 오늘에 이른 것이다.

이렇듯 평범한 서원처럼 보일 수도 있는 광남서원에는 충비 단량의 생명 존중, 생명에 대한 숭고한 희생이 깃든 잔잔한 감동의 사연이 배어 있다. 어린 조카, 그것도 왕을 쫓아내면서까지 권력을 탐했던 수양 대군의 탐욕과 그로부터 시작된 살벌한 권력 암투가 의도하지 않게 충비 단량의 숭고한 희생 스토리를 탄생시킨 셈이다. 피비린내 나는 참혹한 권력 투쟁의 흑역사는 역설적으로 인간 생명의 존엄성과 고귀한 희생의 가치를 일깨워 주는 또 하나의 밝은 역사를 만들었다. 우리는 사람과 세상을 지배하겠다는 권력욕이란 한 생명을 지키기 위한 고귀한 희생과 비교할 때 한낱 부질없는 욕망일 뿐이라는 사실을 광남서원에 얽힌 이야기를 통해 깊이 깨닫게 된다.

그로부터 500년이 더 지난 2000년대에, 광남서원과 가까이 위치해 있던 '성동 메뚜기마을'을 이제는 찾아볼 수 없게 되었다. 2008년부터 추진된 '포항블루밸리국가산업단지' 조성 때문이다. 자동차 부품, 철강, 선박, 에너지 부품 공장 등을 만들기 위해 포항시 남구 구룡포읍, 동해면, 장기면 일원 6,080,537.4㎡ [184만 평]의 드넓은 땅에 산업단지 조성 공사가 시작되면서 정겹던 농촌인 메뚜기마을이 사라져 버린 것이다.

'성동 메뚜기마을'이 있던 곳, 구룡포읍 성동 3리는 전형적인 녹색 농촌이었다. 친환경 농법으로 농산물을 재배해 여름밤에는 반딧불이가 날아다니고 가을 들판에는 메뚜기가 뛰어다녔다. 40여 가구, 80여 세대가 만들어 온 사람의 역사, 공동체의 자취는 이제 기억 속에만 남게 됐

성동 메뚜기마을

다. 단순히 집이 사라지고 길이 없어진 것만이 아니다. 수백 년 이어온 사람들의 이야기, 추억과 기억마저 송두리째 사라진 것이다. 역사는 기억을 통해 소환되고 재생산된다. 원래의 공동체로 돌아가기 어렵게 된 구룡포읍 성동 3리 메뚜기마을의 역사는 이제 사람의 추억으로 소환되는 곳이 되었다.

그러나 계유정난, 황보인의 죽음 속에서 충비 단량의 생명 존중 스토리가 탄생했듯 메뚜기마을에서도 그보다 더한 생명의 이야기, 감동의 이야기가 탄생하지 말라는 법은 없다. 물론 새로운 감동의 이야기가 탄생하기 위해서는 무언가 실천해야 한다. 건설 중인 공단 한가운데에 수백 년 동안 공유해 온 마을 사람들의 기억과 추억을 기록하는 '성동 메뚜기마을 역사관'을 만드는 것도 하나의 방법이 될 수 있을 것이다. 광남서원에서 모포줄, 뇌록산지, 뇌성산성, 더 나아가 장기읍성, 우암 다산 유배길까지 '포항 역사문화 탐방로'를 만드는 것도 고려해 볼 필요가 있다. 이를 통해 공업 도시라 삭막하기만 하다는 포항의 이미지도 개선할 수 있을 것이다. 이제는 볼 수 없는 메뚜기마을을 그리며 생명 존중의 정신을 이어가는 사람의 길을 만드는 것은 오늘을 살아가는 우리 포항 사람들의 몫이 아닐까?

한수골 순례길

안기숙

길 1

대기를 지나
생각은 우주 밖
어딘가를 서성인다

책 속의 작은 글들은
누에처럼 속살을 삼키고
무용수의 손끝에 맺히는 바람을 타고
이내 제자리로 돌아오고 마는
다소곳한 상념들
실핏줄 같은 가는 길을 따라
적막을 뚫고
지구가 하염없이 걸어간다

제2부 포항의 길을 이야기하다

화성의 속살이 행성의 미이라인지
아니면 봄을 기다리는 겨울의 막바지인지
과학의 메스를 들고
애처로운 인간의 눈빛이 우주를 배회한다

이른 아침 한수골 산에 핀 무지개

길을 찾아서

젖가슴처럼 늘어지고 있다. 영혼은, 다시는 끌어당겨질 수 없는 지나간 세월처럼 저 뒤에서 서성인다. 그러나 영혼이란 물리적인 것으로부터 자유로울 수 있어서 영혼의 동굴을 탐미하는 새로운 탐험이라는 말을 매우 가치 있게 일깨워 준다. 그래서 나는 빗속을 달려와 갈대밭에 털어놓은 바람의 이야기 가득 싣고 시간이 몰고 가는 세월의 항구에서 미지의 닻을 올린다. 목적지가 있어도 혹은 없어도 지나가는 모든 것은 첫사랑이 된다. 엇갈려 멀어지는 애절한 순간들을 기꺼이 자유라 말하며 중력의 바다로 노를 젓는다.

일상을 스치는 무수한 생각의 물방울들은 알알이 흩어져 떠나고 다시 돌아오기를 반복한다. 때로는 타인의 꿈속을 거닐다 문명을 지워버리기 위해 백지를 향해 내닫다가 헛디딘 자만이 지평을 잃어버린 그 늘진 시선을 거두어들인다. 자연에 다가갈수록 우리가 걸어온 날들과 푸른 잎과 빛나는 육신의 물질과 영혼의 에너지가 얼마나 감미롭게 어우러지는지 알게 된다.

한수골을 만나다

우주에서 지구까지, 상상에서 현실까지, 길의 의미란 내게 있어질서다. 규칙과 규정을 싫어하는 나의 성향에 휘어지고 좁아지면서 가

멀리서 바라본 한수골 전경

파른 오르막과 내리막을 굽이쳐 금방 사라질 것만 같은 비탈길을 돌아서면 처음인 듯 시작하는 새로운 길이 규칙이라고는 깡그리 무시해 버린 채 질서를 포장한 자유의 희열로 펼쳐진다. 어느 곳이나 규칙과 규정의 연속이다. 그것이 질서다. 세상에 발을 내딛는 순간 우주의 무수한 은하들처럼 한 치의 오차도 없이 하나의 별이 되어 길을 간다. 번잡스럽기도 하고 고요하기도 하면서 타성에 젖은 듯하나 스스로의 의지를 내세워 각자의 위치에서 초연하고 꼿꼿하게 길을 간다. 그리고 그 길의 끝에는 어김없이 물음표를 걸어 놓은 커다란 성문을 마주하게 된다.

나는 그냥 바라다본다. 한참을 우두커니 서 있기도 하고 지구의 뜰 앞에 가득 피어 있는 별들의 보석 밭을 상상하며 영혼의 여행을 떠날 채비로 바쁘다. "그래, 화성의 속살이 행성의 미라인지 아니면 봄을 기다리는 겨울의 막바지인지 길을 떠나보면 알게 될 거야." 이런 상상으로 영혼의 여행을 출발하려 할 때 즈음 "당신 또 무슨 생각을 하나요?"라는 남편의 목소리에 마음을 가다듬곤 한다. 한시도 길을 가지 않은 순간은 없다. 잠 속에서조차 꿈길을 가며 공간의 모든 곳이 길이 된다. 집 안에도 많은 길이 있다. 이런 길을 찾아 현관을 나오면 빠른 걸음을 재촉해 달려가는 곳이 있다.

한수골 순례자가 되다

포항 시청 앞의 높고 낮은 건물 사이를 지나면 주변의 도심을 희석하듯 공해와 매연을 걸러내고 필터로서의 역할을 톡톡히 해내는 이동梨洞의 허파와 같은 산을 마주하게 된다. 포항성모병원과 중앙하이츠아파트 사이의 지곡동 아파트 단지와 청송대 감사 둘레길을 연결하는 이 산은 시민들의 휴식처이자 순례의 길이다. 희망대로를 지나 중앙하이츠아파트의 경계를 넘어 좁은 도로를 건너면 곧바로 산으로 이어지는 오솔길이 있다.

특별할 것도 없고 밋밋하지도 않은 대나무 숲을 지나면 이곳저곳에서 세월을 가늠할 수 없는 오래된 땅집무덤의 주인들이 문을 열고 나와 인사를 건넨다. 몇 발자국을 내딛으면 목구멍 같은 울대를 지나 나무와 나무가 비스듬히 맞닿아 어깨를 기대어 터널을 이루고 구부러진 산길을 풀어낸다. 그리고 시술사처럼 지친 몸을 이내 치유해 준다. 사방이 마을로 연결된 산길의 정상은 주민들의 요람이며 놀이터고 성지다. 울창한 숲길을 지나 앙상한 가지만 남은 계절 속으로 걸어 들어가면 짐 짓 수도승처럼 모두를 내려놓은 듯 그 무엇도 알려고 하지 않는다. 그 러니 이 산의 이름을 모르는 것은 당연지사다.

지인들과 이야기할 때도 "산에 갈까요?"하면 으레 이 산을 말하 는 것으로 서로가 인지한다. 그래, '산'이다. 명료한 이 이름을 두고, 그 에게 무슨 이름을 덧붙여 주랴. 그런데 예로부터 내려오는 이 산의 이 름을 아주 쉽게 알아낼 수 있었다. 이 산자락에 여든이 넘으신 할머니 한 분이 사시는데 시집와서 지금까지 산다고 하신다. 그의 일생이 엽전 꾸러미처럼 펼쳐졌다. 할머니와 이야기를 나누다가 산의 이름이 무엇 인지 여쭈어 보았다. 할머니께서는 망설임 없이 "와? 한수골이다." 하 신다. 금세 친숙한 이름의 한수골은 포항 시내를 아주 가까이에 두고 있음에도 변방의 오지처럼 외진 산골이라는 것을 지명에서도 넌지시 드러낸다.

골이란 깊은 산 속을 말하지 않는가. 그러니 누구나 이곳에 오면 탄성을 울린다. "시내와 가까운 곳에 이렇게 깊은 골짜기가 있으리라고 는 상상도 하지 못했어요."라며 연신 감탄이다. 그리고 그 감탄사를 따 라가다 보면 골짜기의 끝에 우주에서 떨어진 듯 전등불을 반짝이며 다 소곳이 산의 매무새를 마무리하는 브로치Brooch같은 찻집이 있다. '슈만 과 클라라'라는 이 찻집은 어느 날부터인가 '논실'이라는 마을 이름을 새 간판으로 갈아입고 순례객을 맞는다. 언뜻 샹그릴라Shangri-La를 연상 하며 슈만과 클라라가 찻잔을 마주하고 있을 것만 같은 창문 너머로 삶

청송대 감사 둘레길

의 여정을 녹여 내리는 따뜻한 커피 향이 운무를 이루며 산자락을 휘감는다. 자동차 소리도 들을 수 없고 문명의 흔적을 지우개로 지운 듯 아름다운 정원이 그림처럼 그려져 있다.

그런데 이곳은 요 근래 아파트 뒤쪽으로 토목 공사를 하는 것을 제외하면 그 어느 곳으로 추정하여 상상하기에 부족하지 않다. 아주 먼 우주의 끝자락이라고 명명하여도 되고 티벳의 골 깊은 마을을 연상해도 무례하지 않다. 그런 이 산은 늘 떠나고 싶어 하는 방랑객의 마음을 위로라도 하듯 차마고도를 떠올리며 순례의 길을 나서게 한다.

시간을 거슬러 올라 저 산길을 펼쳐 보면 아마 교역을 하며 오가던 마방들의 삶과 별반 다르지 않았을 것이라고 생각해 본다. 봇짐을 짊어진 옛사람들의 두런거리는 목소리와 길을 서두르는 말방울 소리가 산을 넘었으리라. 군데군데 낭떠러지를 연상케 하는 좁고 가파른 길은 조상들의 삶을 짐작해 볼 수 있게 한다. 과거와 현재를 오가며 쇠약해지는 세포의 근육을 다지고 정신의 자유를 찾아 마음이 닿는 데로 히말라야의 세찬 바람이 너울대는 절벽의 그림자를 잡고 산길을 걷는다.

산은 거울이고 바다며 우주다. 상상해 보라. 이른 아침 구름을 물리고 청명한 하늘의 무지개를 전송 받은 환희에 찬 기쁨을……. 아름다운 자연이 폭발하는 한수골 깊은 산골로 누구든지 오라. 지구를 흔드는 거대한 시간의 추 아래서 뒷걸음질 칠수록 세차게 부는 바람을 안고 고요히 나에게로 돌아가고 싶다면 이 깊은 산길에서 순례자의 가슴에 품고 있는 영혼의 짐을 풀어내기 바란다.

하지만 언젠가는 이 모두도 변하고 사라진다. 바다가 산이 되고 산이 들판이 되어 서로가 서로를 추억하며 스스로 모습을 변신해 아무도 다가갈 수 없는 미지의 바다가 되고 산이 되어 숨어버린 길, 마방이 사라진 척박한 산길은 깊은 전설 속에 갇혀 애절한 그리움을 채화하며 기억을 더듬을 것이다. 어떤 것은 사라지고 또 어떤 것은 새로이 다가온다. 포항의 뉴런, 시청을 마주보며 청송대 감사 둘레길을 품은 한수골 깊은 산길이 산도 사람도 오래 남아 포항을 찾는 이들에게는 향수가 되고 시민들에게는 안식을 실어 나르는 순례의 길이 되어 영원히 그 자리에 머물러 있기를 바라 본다.

청송대 감사 둘레길
― 내 인생의 시크릿 가든

유명희

걷는다는 의미

나는 걷기를 좋아한다. 걷는다는 것은 길을 떠난다는 것을 의미한다. 생각 없이 걷기도 하고 복잡한 생각에 사로잡힐 때나 결정해야 할 일이 있을 때나 기쁨을 감추지 못할 때, 나는 무작정 집을 나선다. 차로 다니거나 자전거로 다니는 길과는 사뭇 다른 느낌이다. 걷다 보면 내 시야에는 많은 것들이 들어온다. 탁 트인 하늘과 풀 내음 가득한 나무들, 그리고 금상첨화로 내 귀를 즐겁게 해 주는 새소리까지. 이 모든 자연을 만나면 내 안에서 꿈틀대던 많은 생각들이 조금씩 조금씩 자리를 잡아가는 듯한 느낌이다. 모든 것이 해결되지는 않지만, 그나마 숨통이 트이는 것을 느낀다. 그래서 나는 걷는다. 특히 집에서 제일 가까운 청송대 감사 둘레길로 향한다.

제2부 포항의 길을 이야기하다

청송대 감사 둘레길 지도

　　청송대 감사 둘레길을 내가 처음 접하게 된 것은 10여 년 전쯤이다. 남편의 직장으로 인해 생면부지의 땅, 포항을 처음 만나게 되었을 때 적적한 마음을 달래기 위해 부덕사라는 곳을 다니면서였다. 부덕사는 부인들의 덕을 쌓기 위한 평생 교육 기관 같은 곳이다. 그곳에서 영어 회화도 배우고, 새로운 사람들을 만나기도 했다. 우연히도 30년 만에 고등학교 동창을 만나는 기쁨도 만끽했다.

　　그런데 부덕사의 주변에 숲이 우거진 고즈넉한 둘레길이 있었다. 나는 그곳을 '시크릿 가든'이라 불렀다. 그때는 데크 길이 아니었다. 저절로 생긴 산책로였다. 길이란 것이 원래 사람들이 다니다 보면 자연스레 생기는 것이 아닌가. 부덕사를 다니면서 알게 된 길, 자연이 주는 다양한 변화에 흠뻑 빠지게 된 길은 낯선 타향에서 친구 같은 길이 되었다. 그 길을 혼자 쉬고 싶을 때는 혼자서, 같이 걷고 싶을 때면 친구와 동행하기도 한다. 그러면서 2012년 6월에 포스코의 도움으로 청송대 감사 둘레길이 데크 길로 새 단장을 하였다.

나의 인생길

사실 나는 2011년에 포항을 오기 전에는 창원이라는 공업 도시에서 20여 년의 세월을 보냈다. 인생의 길이라는 관점에서 보면 나의 풋풋한 청춘은 서울에서 결혼과 동시에 미국으로 날아가 낯선 땅에서 아이들 낳아 키우며 신혼을 보냈고, 나의 중년은 아들들이 서울로 대학을 진학하고 다닐 때까지 창원에서 보냈다. 나의 노년이 진행되고 있는 곳이 지금 여기 포항이다.

포항에 오기 전에 나는 인생에서 가장 가슴 아픈 나날들을 경험했다. 5개월 동안에 시부모님과 친정어머님을 모두 하늘나라로 보내고 고아인 상태로 남편과 여기에 오게 되었다. 그전 1년은 악몽과 같은 시간이면서도 또한 아이러니하게도 많은 추억을 쌓은 시간이기도 했다. 시아버님께서 노환으로 아프셔서 수원에서 창원으로 모시고 오게 되었는데 그때는 서울에 혼자 계신 친정어머님께서도 담낭암으로 병원 오가시기를 반복하실 때였다. 시댁에서는 하나뿐인 며느리요, 친정에서는 맏딸이었기에 서울과 창원을 오가며 병원을 내 집처럼 생활할 수밖에 없었다. 간호할 사람이 나뿐이었기 때문이다.

시간이 날 때면 성당에 가서 눈물을 흘리며 기도로 매달렸다. 그러던 어느 날, 시아버님께서 먼저 하늘나라로 가셨다. 정성껏 보내드리고 나니 또 시어머님께서 위암이셨다. 이제는 두 분 어머님의 계속되는 병원 생활이었다. 그래도 즐겁게 보내드리기 위해 병원에서 퇴원하시면 좋아하시는 곳으로 바람도 쐬어 드리고, 즐겨 들으시는 음악도 들려 드리고, 옛날이야기도 해 드리며 추억 쌓기를 하였다. 어른들께서 가시는 저승길을 멋지게 꾸며 드리고 싶었을 뿐이었다. 누구도 피해 갈 수 없는 길이니까. 기가 막히게도 서울에 계신 친정어머님과 창원에 모시고 있던 시어머님께서는 하루 차이로 친구하며 하늘길에 오르셨다.

장례가 창원과 서울에서 겹쳐지는 희한한 일이 일어났다. 그때의 심정은 지금도 눈물이 난다. 주님께 내가 너무 힘들다고 하소연하듯 기도했다. 두 분을 동시에 데리고 가셨다는 생각뿐이었다. 인생길을 간다는 것은 시작과 끝이 누구나 다르다. 그런데 두 분은 어떻게 그렇게 같이 가셨는지……

모든 것이 정리되고 포항에 왔을 때는 허탈함과 인생무상으로 무엇을 해야 할지 모르는 상태였다. 갑자기 늘어난 시간과 공간에서 내가 다시 할 수 있었던 것이 걷기였다. 그때 만난 길이 청송대 감사 둘레길이다.

둘레길에서 만나는 풍경들

둘레길로 가는 방법도 다양하다. 가장 쉬운 방법은 집을 나서서 대로변을 따라 포항성모병원 뒷길을 지나 주택 단지를 통과하는 것이

청송대 감사 둘레길의 데크 길

다. 그러면 청송대 감사 둘레길이 나온다. 또 다른 방법은 내가 살고 있는 중앙하이츠아파트에서 한수골 산길을 올라 효자아트홀로 내려와서 둘레길 중간 부분부터 시작하는 것이다. 이것이 내가 좋아하는 산책 방법이다.

산길을 따라가면 대나무 바람 소리가 송글송글한 땀방울을 시원하게 해 주고, 종알종알 지저귀는 새소리는 내 귀를 즐겁게 해 준다. 나뭇잎 밟는 소리도 사각거린다. 계절에 따라 시시각각으로 변화하는 둘레길의 모습을 보면 안빈낙도의 길이 따로 없다. 인간이 아무리 치장해도 이처럼 소박하고 편안하며 은근한 아름다움을 표현할 수 있을까.

봄이면 파릇파릇한 새순들이 겨울잠에서 깨어나 고개를 내밀고 어여쁜 연녹색을 띄우며 내 마음을 어루만진다. 조금 지나면 개나리와 벚꽃이 "나 여기 있어요."를 외치며 꽃비를 뿌린다. 벚꽃이 사라질 즈음 철쭉과 진달래가 고운 분홍색으로 갈아입고 새색시의 연지 곤지처럼 화려함을 뽐낸다. 봄은 형형색색의 화려함으로 마무리되고, 울창한 초록의 향연이 시작된다. 여름이 시작되는 거다. 초록이 이렇게 다양한 색상이 있는 줄은 나도 예전엔 몰랐다. 연두색, 녹색, 청록색, 초록색……. 대숲 사이로 바람이 주는 시원함도 빼놓을 수 없다.

가을이 되면 단풍이 들어 빨간 색과 연한 노란색이 조화를 이룬다. 도토리를 먹고 있는 다람쥐의 모습이 내 입가에 저절로 미소를 머금게 한다. 수북이 쌓인 낙엽을 보노라면 대학 시절의 교정이 떠오르기도 한다. 친구와 낙엽 쌓인 벤치에 앉아 릴케를 이야기하고 하이데거를 소환하기도 했던 청춘의 시간들. 겨울은 앙상한 가지만 남겨진 채 본연의 모습을 드러낸다. 진정한 자아를 아무 거리낌 없이 보여준다. 나는 어떤가? 무언가로 치장하고 숨기려는 내 모습과는 너무나 대조적이다. 꾸밈없는 아름다움이 부럽다.

둘레길은 데크 길과 흙길로 되어 있다. 첫 출발은 흙길에서 시작한다. 길옆에는 바위 모양의 스피커에서 음악이 흘러나온다. 주로 7080 노래다. 데크 길로 접어들면 양옆의 나무들이 터널을 만들어 주며 굽이굽이 돌아가며 올라간다. 데크 길이 끝나면 정상에는 넓은 흙길이 나타난다. 둘레길 중에서 내가 제일 좋아하는 길이다. 봄이면 제일 늦게 피는 겹벚꽃이 터널을 만들고, 양옆에는 상록 활엽 관목인 팔손이가 환호하며 에스코트를 해 준다.

이 길이 끝나면 다시 데크 길이 내리막으로 구불구불 나타난다. 20분 정도면 한 바퀴를 충분히 돈다. 나는 보통 2~3바퀴는 돈다. 오르막이 있으면 내리막이 있고 투박한 흙길이 나타나기도 하고 세련된 데크

청송대 감사 둘레길 정상

길도 있으니 이 길은 우리의 인생길과도 닮아 있다.

이 길에서 만나는 사람들도 다양하다. 손을 꼭 붙잡고 걷는 노부부의 모습, 아장아장 걷는 아기를 데리고 온 새댁의 모습, 친구들과 이야기를 나누며 걷는 사람들, 유치원 아이들과 교사가 나들이 나온 모습, 묵주를 들고 기도하며 걷는 분, 한쪽 다리가 불편해서 재활하기 위해 오신 분, 사진을 찍기 위해 커다란 사진기를 들고 오신 분, 간간이 연인의 모습도 보인다. 연령도 천차만별이지만 사연도 구구절절이리라.

지나가면 어떤 분은 화난 목소리, 어떤 분은 깔깔거리고, 누구는 짜증 섞인 목소리, 엄마는 아이에게 도란도란 이야기하기도 하고, 혼자서 골똘히 생각하며 걷는 분도 계시다. 그 옛날 선비들도 장원 급제 시험을 위해서 이 길을 지나가지 않았을까? 길에는 희로애락과 수많은 사연이 있다. 또 내가 걷는 이 길을 그 옛날부터 누군가는 걸었을 것이고 앞으로도 누군가는 걸을 것이다.

감사하는 마음, 꿈을 꾸는 길

나는 친한 지인들이 놀러오면 꼭 이 길을 소개해 준다. 내가 누리는 이 호사를 누군가에게 나누어 주고 싶은 마음이 들기 때문이다. 말 없이 지인들과 걷다 보면 이 둘레길 안에 내 이야기가 들어 있고, 그들을 사랑하는 마음도 전해진다. 작은 것에 감사할 때 내 삶도 더 풍요로워진다는 깨달음을 느끼기 때문이다. 자연이 주는 이 피톤치드의 길에서 부모님을 만나고 옛 친구를 만나고 나의 어린 시절을 만나는, 감사한 둘레길이다.

나는 이 둘레길을 걸으며 꿈을 꾼다. 산티아고 순례길을 꼭 한번 걸으리라고. 나는 여행을 좋아한다. 포항에 오면서 남편과 함께 많은 시간을 보낸 것이 여행이다. 제주 올레길도 드문드문 걸었고, 큐슈 올레길도 걸었다. 유럽 여행은 물론이고 사도 바오로의 성지 순례길도 다녀왔고, 이스라엘 성지 순례길도 다녀왔다.

길을 떠나는 교통수단은 여러 가지다. 비행기로, 배로, 버스로, 자전거로, 그리고 걸어서 가는 방법이 있다. 방법에 따라 보이는 시야가 다르기 때문에 느끼는 것 또한 다르다. 가장 기억에 남는 길은 친정 엄마와 마지막 여행이 된 사도 바오로의 성지 순례길이다.

크루즈로 에게해를 돌았다. 배 안에서 바다와 육지를 바라볼 수 있었기에 일상의 풍경과는 사뭇 반대되는 모습이었다. 바다에서 바라보는 육지의 풍경은 자석에 이끌려 들어가는 점선들처럼 느껴졌다. 짙은 푸르름을 자랑하던 지중해의 빛깔은 지금도 뇌리에서 잊히지 않는다. 많은 이야기를 나누었고 엄마의 인생 여정을 알게 된 감사한 시간이었다.

이스라엘 성지 순례는 버스 여행이었기에 점의 연결이었다. 도시와 도시를 이어주는 점을 찍으며 내 마음에도 하나하나의 점들이 아로새겨졌다. 걷는 것은 선의 연결이다. 하나하나가 다 내 시야에 들어오기 때문이다. 하늘이 보이고, 흙이 보이고, 풀꽃이 보이고, 나비가 보이고, 새가 날아가고, 나무의 새 둥지가 보이며 하늘의 구름도 보인다. 그래서 나는 마지막 여정으로 산티아고 순례길을 걷고 싶다. 둘레길의 끝에는 산티아고 순례길이 기다리고 있다.

대구에서 태어나 서울을 거쳐 미국을 누볐고, 창원을 거닐었으며 포항을 품에 안고, 산티아고 순례길을 꿈꾼다. 나에게 청송대 감사 둘레길은 마음의 평화와 소박한 즐거움, 삶의 희망과 꿈을 가져다주는 감사한 길이다. 나는 계속 이 길을 걸을 것이다.

연오세오길
— 포항의 낮과 밤을 잇다

장현우

　　"내가 매일매일 이 맹한 동백 씨 안 까먹을게요. 당신이 얼마나 훌륭한지 내가 말해 줄게요!" 금방이라도 뒤에서 동백과 용식이 사랑을 속삭일 것 같은 도시, 공장 굴뚝과 금빛 바다의 이질적인 이미지가 제법 잘 어울리는 도시, 바로 포항이다. 경상북도의 동남부에 위치한 인구 50만의 도시 포항은 낮과 밤의 풍경이 다른 도시다. 낮에는 바다가 빛나고, 밤에는 포스코의 야경이 빛나는 곳이다.

　　이곳 포항에는 대대로 내려오는 전설이 있는데, 바로 '연오랑세오녀' 설화이다. 줄거리는 이렇다. "신라 시대 동해안에 살던 연오랑, 세오녀 부부가 일본으로 떠나자 해와 달이 빛을 잃었다. 고향의 이야기를 들은 세오녀가 직접 짠 비단을 신라로 보내자, 신라는 다시 빛을 찾았고 그 비단을 '귀비고'라는 보물로 불렀다."라는 『삼국유사』에 적힌 이야기다. 오늘은 해를 상징하는 연오, 달을 상징하는 세오에서 모티브를 따서 낮과 밤의 풍경이 다른 포항의 여행길을 각각 '연오길'과 '세오길'로 나누어 소개하겠다.

'연오길'과 '세오길'은 각각 다른 여행 코스이며 아침에는 연오길, 밤에는 세오길을 추천한다. 귀비고로 빛을 되찾은 포항을 상징하기 위해 각각의 명소에 '~이 빛나는 곳'이라는 부제를 붙였다. 이 글을 읽는 독자 분들도 꼭 포항을 여행하면서 저마다의 빛을 찾았으면 좋겠다.

연오길

구룡포 일본인 가옥거리: 역사가 빛나는 곳

낮 여행길인 연오길은 '구룡포 일본인 가옥 거리'에서 시작한다. 구룡포 일본인 가옥 거리는 1883년에 조선과 일본이 체결한 '조일 통상 장정朝日通商章程' 이후 일본인이 조선으로 와서 살았던 지역으로, 가옥 몇 채만 남아 있던 것을 포항시가 관광지로 조성한 곳이다. 그렇기에 일제 강점기의 아픈 역사가 남아 있는 곳이기도 하다. 당시 일본인의 생활상을 한눈에 볼 수 있음은 물론, 일본의 다양한 차를 맛보고, 일본의 전통 의상인 '유카타'를 입어볼 수 있다. 최근에는 KBS 방영 드라마, 〈동백꽃 필 무렵〉의 촬영지로도 유명해져서 많은 사람들이 찾는다. 해당 드라마에 등장하는 음식점인 '까멜리아'를 비롯한 여러 촬영 장소에서 사진을 찍을 수 있다. 공원 계단 위에서 내려다 본 풍경이 포항 어촌의 모습, 서민들의 생활을 잘 담아냈다고 해서 '대한민국 경관대상'을 받기도 했다.

죽도시장: 열정이 빛나는 곳

일본인 가옥 거리에서 예쁜 사진을 건졌다면, 이제 동해안 최대 규모의 시장을 구경할 차례다. 차로 동해안로를 40분 정도 달리면 '죽도시장'이 나온다. 포항은 일제 강점기 때 철도의 부설을 통해 동해안에서 생산되는 다양한 물품들을 집산하는 곳으로 부상하면서 시장이 크게 활성화되었다. 오늘날 포항에는 미등록 시장을 포함해 총 60여 개의 시장이 있는데, 이 가운데 중심의 역할을 하는 곳이 바로 죽도시장이다. 죽도시장은 어시장과 곡물시장이 함께 있어 수산물과 농산물 등 다양한 물건들을 구경하고 구입할 수 있다. 상품의 다양성만큼이나 많은 수의 상인들을 찾아볼 수 있는데, 생계 유지를 위해 치열하게 생활

죽도시장

하고 경쟁하는 상인들의 열정을 느낄 수 있는 곳이기도 하다. 포항의 명물인 대게나 회를 한번 먹어 보는 것도 좋고, 여행으로 출출한 배를 달래고 싶다면 시장 안의 '수제비골목'에서 든든한 수제비를 먹는 것을 추천한다.

곤륜산 활공장: 바다와 하늘이 빛나는 곳

연오길의 세 번째 코스는 최근에 '인생 숏' 장소로 급부상한 곤륜산 활공장이다. 죽도시장에서 20분 정도 운전하면 '칠포오토캠핑장'이 나오는데 이곳에 주차를 하고 산으로 올라가야 한다. 20분 정도 오르막을 오르다 보면 SNS에 자주 나오는, 마치 땅과 하늘 사이에 위치한 듯한 사진 명소를 볼 수 있다. 패러글라이딩도 가능하니, 관심이 있다면 한번 도전해보는 것도 좋을 듯하다. 특히 맑은 날에 가면 더 예쁜 사진을 건질 수 있는 곤륜산은 포항의 바다를 한눈에 볼 수 있는 곳이니 꼭 둘러보길 바란다.

이가리 닻 전망대: 독도가 빛나는 곳

연오길에서 마지막으로 구경할 곳은 곤륜산에서 차로 10분 정도 떨어져 있는 '이가리 닻 전망대'다. JTBC 드라마 〈런온〉의 촬영지로도 유명한 이가리 닻 전망대는 이가리 간이해수욕장 근처의 닻 모양^{상공에서 봤을 때}의 전망대다. 전망대에서 바라보는 바다는 가히 절경으로, 특히 빨간 지붕 조형물 앞에서 바다 배경으로 사진을 찍는다면 인생 사진을 남길 수 있다. 이가리 닻 전망대의 비하인드 스토리에는 우리 땅 '독도'

이가리 닻 전망대

가 있다. 전망대를 건설할 때 독도를 향하게 지었다는 것인데, 독도까지의 직선거리는 약 251km로, 독도 수호 염원을 담고 있다.

세오길

여남 카페촌: 감성이 빛나는 곳

세오길의 첫 번째 코스는 SNS에서 유행하는 '감성 숏'을 찍을 수 있는 '여남 카페촌'이다. 바다를 향해 자리잡은 카페들이 모여있는 이곳에는 평일과 주말 가리지 않고 많은 사람들이 모인다. 일몰 시간에 바다를 배경으로 찍는 사진이 일품이라 오후에서 이른 저녁에 방문하는 것을 추천한다.

영일만친구 야시장: 음식이 빛나는 곳

여남 카페촌에서 감성을 맛보았다면, 이제 음식을 맛볼 차례다. 여남동에서 차로 10분 거리를 이동하면 포항 중앙상가길이 나오는데, 밤에는 이 거리가 야시장으로 변한다. 7월 초부터 12월 말까지 열리는 '영일만친구 야시장'은 초밥, 랍스터, 디저트 등 다양한 먹거리를 팔고 있으며, 매대 수가 40여 개라 선택의 폭이 넓다 코로나19로 인해 현재는 매대 수가 약간 줄어들었다. 야외에서 밤의 향기를 느끼며 먹는 음식이라 평소와는 다른 저녁 식사를 할 수 있을 것이다.

영일대해수욕장: 야경이 빛나는 곳

야시장에서 저녁 식사까지 마쳤다면, 본격적으로 포항의 야경을 보러 떠나 볼까. 개인적으로 포항 최고의 야경은 포스코 산업 시설의 야경이라고 생각하는데, 이 풍경을 볼 수 있는 최적의 장소가 바로 '영일대해수욕장'이다. 영일만친구 야시장 중앙상가길에서 차로 5분 정도 가다 보면 영일대해수욕장이 나온다. 이곳 밤바다의 소리를 들으며 조명이 빛나는 포스코의 산업 시설을 바라보면 이만한 절경이 또 없다. 바다 한가운데 설치된 해상 누각도 매력적인 조형물인데, 이곳에서 멋진 사진을 찍는 사람도 많으니 꼭 한번 들러 보길 바란다.

호미곶: 해가 빛나는 곳

세오길의 마지막 코스는 '호미곶'이다. 영일대해수욕장에서 동해 안로를 타고 45분 정도 가면 목적지가 나온다. 호미곶은 우리나라 최동 단에 위치해 있기 때문에 대한민국 내륙에서 가장 먼저 해가 뜨는 곳이 다. 그래서 한 해가 시작되는 1월 1일에 수만 명의 사람들이 찾는데, 이 날 관광객을 위한 떡국 나눔 행사도 열린다. 이름의 유래가 재미있는 곳이기도 한데, 한반도를 호랑이 모양으로 보았을 때 '꼬리'에 해당하 는 부분이라 '호랑이 호虎'자에, '꼬리 미尾'자를 써서 '호미곶'이라고 부 른다. 호미곶의 상징이자 포항의 상징이기도 한 '상생의 손' 조각상이 유명한데, 일출 때 이 조각상 위로 떠오르는 태양을 찍는 게 묘미다. 해 가 뜨는 새벽에 좋은 사진을 건질 수 있으므로, 그 전날 밤에 텐트를 치 거나 주변 민박에서 숙박하는 것을 추천한다. 호미곶의 새벽 일출과 함 께 목표를 다짐하고 집으로 되돌아간다면, 포항 여행의 멋진 마무리가 될 것이다.

이렇게 포항의 여행길을 낮과 밤의 테마에 따라 살펴보았다. 물론 위에 언급한 장소말고도 예쁜 곳이 많지만, 포항이 처음인 사람들은 이 곳들만 여행해도 본전을 뽑을 것이라 믿는다. 여름이다. 바다가 예쁠 때 다. 파도 소리가 그리운 이들, 일상에서 잠시 벗어나고 싶은 이들, 모두 포항으로 떠나자! 낮에는 연오길이, 밤에는 세오길이 여러분을 기다리 고 있을 터이니.

포항 '강따라 해따라' 마라톤길

장호근

'강江따라' 마라톤길: 유강리에서 송도로

나는 오늘 약 20km를 달릴 생각이다.

형산강은 경주 남쪽에서 시작해 포항 형산을 지나 영일만 안쪽 바다인 영일해로 흘러드는 강이다. 형산은 강 건너 제산과 합해 형제산으로도 불린다. 제산 아래에는 경주 유금리와 포항 유강리를 잇는 유강터널이 있다. 이 터널을 지나면 유강교차로가 나타나는데, 그 아래 강변이 오늘 달리기의 시작점이다. 이곳 교차로에는 유강리로 진입하는 녹색 고가도로가 설치되어 있다. 그 형상이 둑에서 강을 향해 뻗은 큰 버드나무처럼 생겼다. 덕분에 그 아래에는 비와 해를 피할 수 있는 쉼터가 만들어져 있다. 절묘하게도 '유강리柳江里'는 동네 앞에 버드나무가 있는 강이 있다는 데서 유래한 마을 이름이다.

'유금리有琴里'에는 잘 알려지지 않은 설화가 전해져 온다. 신라의 마지막 태자인 마의태자에 관한 이야기로, 정설과는 완전히 다른 이야기다. 신라 경순왕 시절에는 형산과 제산이 나누어져 있지 않고, 형제산으로 딱 붙어 있었다고 한다. 그 탓에 경주 곳곳에서 흘러내린 물이 형제산 아래 모여 큰 못을 이루었고, 큰비가 내릴 때마다 범람하여 지역 주민들을 괴롭혔다. 이에 신라의 마의태자가 백성들을 위해 하늘에 기도를 올렸는데, 그 과정에서 태자는 어쩐 일인지 큰 뱀으로 변하였다. 누군가 태자를 뱀이 아닌 용이라고 불러 준다면, 그는 용이 되어 마을을 도울 수 있게 될 터였다. 하지만 어느 누구도 태자를 용이라 부르지 않았다.

그러던 어느 날, 한 노파가 아이를 업고 지나면서, 태자를 보고 "웬, 뱀이야!"라고 중얼거렸다. 그때, 노파의 등에 업혀있던 아이가 "할머니, 저건 뱀이 아니라 용이에요."라고 소리쳤다. 그때 비로소 마의태자는 용으로 승천할 수 있었다. 마의태자가 용으로 승천하는 와중에 용의 꼬리가 형제산을 탁하고 치니, 형제산은 형산과 제산, 두 쪽으로 갈라지고 큰 못의 물길이 트였다. 이로써 지역 주민들이 근심을 덜게 되었다고 한다. 마의태자를 용으로 승천시킨 아이의 이름이 유금이라, 지역 이름을 '유금리'로 정하였다고 한다. 이곳이 경주이기에, 고려에 복속되기를 끝끝내 반대한 마의태자가 용신으로 모셔지는 게 아닐까.

긴 거리를 달리기 위해서는 달리기 초반이 중요한데, 초반에는 천천히 가볍게 달려야 한다. 천천히 달리라는 조언이 너무나도 당연해 오히려 뜻밖일 수 있지만 실제 달려 보면, 달리기 초반에는 누구나 힘이 넘치기에, 흥분해서 평균 속도보다 빨리 달리기 쉽다. 이러면 얼마 못가 지쳐 포기하기 십상이다. 우리 몸이 달리기에 적응할 수 있도록 초

형산강 유채꽃

반에는 호흡에 집중해서 서서히 호흡과 심장 박동을 끌어올려야 한다.

시작 지점부터 1km 정도까지, 봄이면 강둑에 유채꽃이 사태를 이룬다. 유채 강둑이 끝나는 지점에는 형산강 장미원이 반긴다. 장미란 그저 오월 한철이라고 생각한다면 오산이다. 다양한 종류의 장미들이 봄부터 여름까지 계속해서 피고 진다. 일 년 중 6개월은 장미를 만날 수 있다. 유채꽃과 장미에 홀려 1.5km를 지나왔다면, 이제는 넓고 장구하게 흐르는 강물에 시선을 빼앗긴다. 형산강은 경주 남부에서 영일해로 흘러드는 강이다. 오백 년 조선에 한강이 있었다면 천년 신라에는 형산강이 있었다. 그리고 더 먼 옛날부터 현재에 이르기까지, 나라 이름이 몇 번 바뀌든 상관없이, 형산강은 한결같이 영일해로 흘러 이 지역에

제2부 포항의 길을 이야기하다

형산강 산책로와 포스코

풍요를 선사하고 있다.

지금 내가 달리고 있는 강변길 맞은편에는 포스코 포항제철소가 거대하면서도 기괴하게 자리 잡고 있다. 제철소는 일반적인 공장 건물과는 많이 달라서 색다른 느낌을 준다. 강 너머 제철소의 거대한 용광로를 바라보며 달리다 보면, 달리기 초반에 느끼는 숨가쁨이 가라앉고 기분 좋은 상쾌함이 밀려온다. 마라토너들의 말을 빌리자면 숨이 트인다고나 할까. 숨이 트이니 금방 눈앞도 트이기 시작한다. 형산강이 드디어 영일해와 만나는 것이다. 넓은 강 너머 더 넓은 바다가 보인다.

여기서 또다시 신기한 건물을 마주하게 되는데, 이름하여 '포항운하관'이다. 건물 옆에 작은 크루즈들도 정박되어 있다. 형산강의 끝, 영일해의 가장 안쪽에는 길쭉하게 생긴 섬, 송도가 위치해 있다. 이 섬과 육지를 가르는 좁은 수로, 즉 포항운하를 통해 작은 크루즈가 관광객을 실어 나른다. 관광객들은 크루즈를 타고 운하를 거쳐 동빈내항과 영일해를 구경할 수 있다. 포항운하관 바로 뒤에는 철길 굴다리 같은 다리가 섬과 육지를 잇고 있기 때문에, 러너들은 섬으로 들어간다는 느낌조차 없이 육지에서 섬으로 달린다.

'해海따라' 마라톤길:
송도해변에서 영일대해변을 지나 죽천해변으로

유강교차로에서 송도로 진입하기까지 6km를 달려왔다. 송도해변은 현재 백사장을 복원하고 있는 중이다. 제철소 건설을 위해 방파제를 쌓았고, 그로 인해 해류가 바뀌어 원래의 백사장은 모두 사라져 버렸다. 백사장은 비록 옛 모습을 잃었지만, '송도松島'라는 이름이 말해주듯이, 섬 안 솔밭에는 오랜 세월을 지킨 해송들이 빽빽이 자리 잡고 있다. 해송은 보통의 소나무 줄기와는 달리 그 껍질이 흑갈색을 띠어 주변을 더욱 고풍스럽게 만든다. 푸른 바다와 검은 소나무 숲, 그리고 하얀 백사장이 어우러진 풍경은 거짓말처럼 아름답다.

송도해변과 솔밭을 돌아 송도에서 육지로 나올 때는 포항운하 끝에 위치한 송도다리보다는 동빈내항 가운데 있는 동빈큰다리를 건너는 것이 좋다. 송도다리를 건너면 바로 죽도시장이 나타나는데, 이곳은 사

영일대해수욕장

람들과 생선들로 장사진을 이루고 있기 때문에 달리기에는 적당치 않다. 또 한 가지 이유는 동빈큰다리 옆에 군함 한 척이 정박해 있기 때문이다. 이 군함은 천안함과 동일한 제원을 가진 초계함으로 30년간의 임무를 마치고 퇴역하여, 이제는 일반인들에게 즐거움을 선사하는 노년을 보내고 있다. 동빈다리를 건너 1km 정도 항구를 따라 달리면, 포항에서 울릉도와 독도를 오가는 여객선 선착장이 나타나고, 그 옆으로 영일대해변이 펼쳐진다.

내가 포항에서 가장 좋아하는 곳은 바로 이 해변이다. 8년 전 서울에서 포항으로 이주하고 약간의 우울증에 시달릴 때 이곳을 알게 되었다. 그 당시 약 3개월간 매일 퇴근 후에 해변을 맨발로 두 시간씩 걸었다. 걸으면서 세상을 사랑하게 되었고 삶을 긍정할 수 있게 되었다. 지금은 아예 도보로 5분 거리에 살고 있다. 해변을 뛰다 보면 바다 한가운데에 있는 커다란 누각, 영일대가 나타난다.

영일대를 지나면 왼쪽으로는 야트막한 산과 숲이 나타나고, 오른편엔 영일해와 그 너머 육지가 보인다. 이 해변에 처음 와서 바다 건너 육지를 보면, 어리둥절해서 저 육지가 어디인지 잘 떠오르지 않는다. 곰곰이 머릿속에 대한민국 지도를 그려 보면, 바다 건너 육지가 한반도를 호랑이에 비유했을 때 꼬리 부분에 해당한다는 사실을 깨닫고, 손뼉을 치며 감탄하게 된다. 지도로 보는 것과 실제로 보는 느낌은 완전히 다르다. 영일만 안쪽 바다, 즉 영일해는 동해이지만 세상 어떤 동해와도 완전히 다른 새로운 바다다. 그 새로운 바다를 가장 잘 보고 느낄 수 있는 장소가 바로 영일대해변을 따라 죽천해변까지 이르는 약 8km에 달

동빈내항

하는 해변 길이다. 특히 봄과 여름철엔 겨울에 비해 바닷물이 잔잔해서 영일해는 거대하지만 조용하고 시원한 호수가 된다.

작년과 올해는 코로나19의 영향으로 열리지 못했지만, 매년 봄이면 '포항해변마라톤대회'가 형산강 하구와 송도, 영일대해변에서 치러진다. 2017년 4월, 이 대회 10km 부문에 아무런 준비 없이 참가하면서 마라톤을 시작했다. 동네 형을 따라 10km를 1시간 17분 만에 완주했다. 6개월 후에는 춘천에서 42.195km를 3시간 53분에 완주했다. 다시 1년 뒤인 2018년 가을, 나는 3시간 30분 이내를 목표로 두 번의 대회에 2주 간격으로 출전했다. 첫 번째 대회는 3시간 37분, 두 번째 대회는 3시간 30분 33초에 완주해 결과적으로 목표를 달성하는 데에는 실패했지만,

그해 가을은 나에게 전설로 남아 있다.

　사람들과 달리기에 대해 대화해 보면, 대부분 육체적 한계를 이야기한다. 빨리 달리면 숨이 차고 다리가 아플 것이라고 '상상한다'. 반은 맞고 반은 틀리다, 해결책이 있으니까. 걷듯이 천천히 달리면 된다. 한 시간 동안 걷기를 어렵게 생각하는 사람은 많지 않다. 그런데 30분 달리기는 질겁한다. 걷는 속도보다 조금 빠르게 달린다면 어떤가. 달리기를 100m 전력 질주나 400m 계주 경기와 동일시하다 보니 생겨나는 착각이다. 걷기와 달리기의 차이는 속도가 아니다. 빨리 걸으면 달리기가 되는 것이 아니다. 두 발 중 한쪽 발이 항상 지면에서 떨어지지 않게 하며 빨리 걷는 것을 겨루는 육상 경기를 경보라고 한다. 반대로 달리기는 두 발 모두 지면에서 떨어져야 한다. 한 발로 땅을 박차 몸을 공중에 띄웠다가 다시 땅으로 착지하는 과정을 끊임없이 반복하는 운동이 달리기다. 그렇기에 걷기와는 다른, 달리기만의 자세를 배우고 익혀야만 부상을 막을 수 있다.

　개인적으로 3km만 달려도 마라톤이라고 생각한다. 아주 천천히 3km를 달리면 25분 정도 걸린다. 기량이 조금 늘면 5km를 30분 정도에 달릴 수 있게 된다. 이 정도만 되어도 달리기의 매력을 충분히 느낄 수 있다. 왜냐하면 그 30분이라는 짧다면 짧은 시간 동안 머릿속에는 두 사람이 등장하기 때문이다. 한쪽은 '그만하자'라고 하고, 다른 한쪽은 '조금 더 해 보자'라고 하는 대화를 달리는 동안 끊임없이 주고받는다. 그런 대화 가운데 어느덧 목표한 달리기 거리를 채우게 되면, 자기 자신을 극복한 만족감으로 달리기 전과는 사뭇 달라진 기분을 만끽할

227

수 있다. 물론 하루이틀 만에 되지는 않는다. 최근에는 SNS를 통해 같이 달릴 수 있는 이들을 어렵지 않게 찾을 수 있다. 무엇이든 혼자는 배로 힘들다. 퇴근길에 가까운 운동장이나 공원을 찾아 자주 30분 달리기를 해 보면 극적인 기분 전환을 느낄 수 있을 것이다.

어느덧 오늘의 최종 목적지인 죽천해변에 이르렀다. 해안선 따라 코너를 한 번 돌았을 뿐인데, 영일대해변에서 보는 바다와 죽천해변에서 보는 바다는 상당히 다르다. 형산강 하구이자 영일해 가장 깊숙한 곳에서 시작한 달리기는 이제 동해에서 영일해로 들어오는 입구에 다다랐다. 이곳에서 다시 출발지인 유강교차로 고가도로 아래로 돌아가면 마라톤 풀코스가 완성된다.

내가 마라톤 대회를 주최한다면, 이곳 죽천해변을 출발지로 삼아 유강고가도로 아래를 반환하는 마라톤 풀코스를 만들고 싶다. 오늘은 이쯤에서 달리기를 그만두어야 한다. 코로나19의 여파로 작년부터 마라톤 대회가 열리지 못했을 뿐만 아니라, 여럿이 모여 함께 운동할 수도 없는 상황이다. 적당한 훈련이 이루어지지 않은 상태에서 무리하게 어떤 목표를 고집하면 사고가 생기기 마련이다. 헝그리 정신도 때가 있는 법이다. 다행히도 해변 바로 뒤에는 집으로 돌아가는 버스가 다닌다. 오늘은 버스로 돌아가지만, 다가오는 가을에는 죽천해변과 유강을 왕복하는 마라톤 풀코스를 뛰어 볼 생각이다.

형산강 둔치길
― 친환경 그린웨이를 꿈꾸며

하윤정

       얼마 전 형산강 풍경이 한눈에 보이는 32층 펜트 하우스로 이사를 왔다. 동틀 때면 해가 호미곶에서 떠올라 형산강과 하늘을 형형색색 물들이다 수줍은 듯 얼굴을 쑤욱 내미는 광경을 볼 수 있다. 석양이 지는 형산강의 낙조도 장관이다. 밤이면 포스코와 형산강 불빛이 어우러져 홍콩 어느 도시의 야경을 연상케 하는 황홀한 풍경이다. 고층에서 바라본 포항은 멋스럽게 아름답다. 자연의 멋스러움을 함께 나누고 싶은 마음에 어떻게 할까 고민하다, 형산강 둔치길을 포항시에서 추진하는 '그린웨이 프로젝트'와 관련지어 소개하기로 마음먹었다.

첫째 날 새벽길 ― 물길에서 숲길로

       "지금 이곳은 형산강 둔치. 포항시 남구 효자동을 찾아주셔서 감사합니다."라는 표지판이 반갑게 맞이했다. 은빛 물결로 가득한 형산강

형산강 에코생태 탐방로

은 소리 없이 흐른다. 물안개가 뽀얗게 피어올랐다. 강기슭의 왕대 숲
은 새들의 놀이터 같다. 얕은 물가로 새들이 줄지어 먹잇감을 물어 온
다. 왕대 숲 위에 도란도란 머문다. 들풀과 꽃들이 소곤소곤 말을 걸어
오는 듯하다. 블루데이지, 보라색 수국화는 보랏빛으로 형산강 둔치를
수놓았다. 틈틈이 하얀 개망초꽃, 노랑코스모스, 좁은잎백일홍, 주홍색
양귀비꽃들이 보랏빛과 어우러져 아름다움을 더한다. 들풀 사이로 살
짝 비집고 들어가 보면 메뚜기와 풀벌레들이 폴짝폴짝 뛴다. 이슬방울
이 송송 맺힌 풀잎 위에 잠들어 있던 하얀 나비와 잠자리가 놀란 듯 화
들짝 날아올랐다. 물 가장자리에는 고니가 깊은 생각이 잠긴 듯 유유자
적하다가 강물 위로 훨훨 날아오른다. 형산강 장미원의 30여 종 장미꽃

은 상큼한 향기로 사람들을 이끈다. 형산강 둔치길 에코생태 탐방로는 대자연의 향연이다.

　　형산강 물길을 따라 포항과 경주로 이어지는 관문 구간을 중심으로 상생로드 자전거길과 맨발걷기길이 나란히 이어진다. 새벽길에 청춘 남녀들이 씽씽 자전거를 타고 달리는 모습이 생동감 넘친다. 맨발로 걷는 사람, 애완견과 함께 걷는 사람, 이제 형산강은 사람들과 함께 호흡하면서 하나되어 흐르는 듯하다. 강변 상류를 걷다 보면 상수도 보호구역 표지판이 보인다. 상수도보호구역 옆으로 7번 국도 건널목을 건넜다. 형산강 물길 저편에 농어촌과 도심을 잇는 친환경 인도교가 만들어지고 있다. 인도교가 완성되면 사람과 사람이 만나는 소통의 다리이자 형산강의 랜드마크가 될 것 같았다.

　　인도교 공사장을 건너 포항 철길숲 마지막 공사 구간에 들어섰다. 아직 포스코 물류를 운반하는 단선 철길이 남아 있는데, 어릴 적 기찻길에서 뛰어놀았던 추억을 떠올리며 철길을 재빠르게 뛰어넘었다. 100년 기찻길의 흔적이 남겨진 아름다운 철길숲이었다. 철길숲에는 구간마다 의미 있는 이름이 붙어 있다. 형산강 인도교에서 효자역까지는 "효리단길", 효자역에서 대잠고가차도까지는 "어울누리길", 대잠고가차도에서 용흥고가차도까지는 "여유가 있는 피맛길", 용흥고가차도에서 서산터널까지는 "추억의 길", 서산터널에서 유성여고까지는 "숲속 산책길" 등 옛 철길 위에 삶의 의미가 담긴 듯하다.

　　어느새 아침이다. 이슬비가 내렸다. 그냥 비를 느끼고 싶었다. 철길숲에 남아 있는 옛 철길의 흔적 때문인지 새마을호를 타고 포항에서 서울까지 왕복 10시간의 출장을 다녔던 추억이 새록새록 떠올랐다. 혼자 자유롭게 걷다 보니 과거와 현재, 그리고 미래를 관통하는 사색의 시간이 되었다. 산책로, 자전거 도로, 계류, 장미원, 댄싱프로미너드, 어울누리숲, 불의 정원, 음악분수광장, 기다림의 정원을 지났다. 형산강 장미원을 옮겨 놓은 듯 장미꽃들이 방긋이 웃으며 반겨 준다.

자연과 함께 걷는 재미는 쏠쏠하다. 몸은 가뿐하고 마음은 날아갈 듯 상쾌하다. 옛 기찻길 주변에 아직 빈 판잣집이 덩그러니 남아 있는 곳도 군데군데 있다. 유성여고 산책길까지 10km 마침표를 찍었다. 아침 9시이다. 호흡을 크게 했다. 우리가 소망하는 포항 그린웨이 사업이 2021년인 올해 완성될 예정이다. 형산강 물길과 숲길이 이어져 사람과 사람이 서로 소통하는 힐링 공간이자 새로운 여행지로 변모할 것 같은 느낌이 든다. 도심 속에서 물길과 숲길을 맛볼 수 있다니 가슴이 설렌다. 철과 문화가 융합되는 풍요로운 도시의 삶을 생각하니 행복한 미소가 지어진다. 옛 기찻길 100년을 넘어, 새로운 100년으로 이어질 형산강 둔치길과 철길숲을 상상해 본다.

둘째 날 새벽길 ─ 송도 바다를 만나다

형산강 둔치에서 하류 쪽으로 걸었다. 형산강은 울산광역시 울주군에서 시작되어 경주시를 거쳐 포항시에 이르러 동빈내항에 합류해 영일만에 유입된다. 형산강 물은 포항시 내 전역동해, 오천, 연일, 포항의 하

송도바다

수 일일 23만 톤을 맑은 물로 처리하고, 그중 일일 10만 톤을 공업용수로 공급하며, 남은 물을 바다로 하루 13만 톤 방류한다. 하수 처리 과정에서 형산강으로 방류되는 오염 물질과 산업 현장에서 뿜어내는 하얀 연기가 마음을 조금 불편하게 했다. 형산강 하류를 향해 조금 더 걷자, 수상레저타운이 눈앞에 보였다. 포항시가 지향하는 해양문화 관광도시에 발맞춰 해상레저 관광사업도 점차 활기가 더해질 것 같다. 수상레저타운을 지나 조금 더 걷다 보니 포항운하관에 도착했다. 운하관 라운지 카페에 앉아 아래쪽을 내려다보면 형산강 물길의 흐름이 한눈에 들어온다. 몸을 살짝 돌리면 푸른 송도 바다가 한 폭의 수채화처럼 펼쳐진다. 1962년 개항한 동빈내항은 송도, 죽도, 해도, 상도, 대도 등 5개 섬

사이로 형산강과 영일만 바닷물이 만나는 아름다운 항구였다고 한다. 1968년에 포항제철이 건립되면서 홍수 예방을 위해 형산강 둑을 만들게 되어 물길을 막았다고 한다. 2012년 5월에 준공한 동빈내항 복원 사업은 2014년에 완공되었는데, 크고 작은 배와 선착장, 코발트블루빛 하늘이 어우러져 멋진 풍경을 이루었다. 동빈내항은 포항이 친환경 해양 문화 관광도시로 거듭나는 데에 중심 역할을 맡을 것이다.

형산강물이 영일만 바다와 만나는 찰나, 바다는 아무 말 없이 강물을 포근히 품어 준다. 그 찰나의 순간, 강물의 냄새와 맛도 그냥 바다 내음과 짠맛이 된다. 큰사람의 마음은 바다같이 넓다는 말을 몸으로 깨닫고 느낀다. 형산강물을 품은 송도 바다는 여유롭다. 멀리 수평선을 바라보았다. 한적한 해변에서 아침을 맞이하는 기분은 형용할 수 없는 기쁨이다. 해변 모래사장의 고운 모래에 운동화 자국을 꾹 찍었다. 파도가 하얀 물거품을 몰고 밀려와 발자국을 쓸어간다. 아침 햇살이 비치는 바닷물에 손을 담갔다. 송도 바다의 향이 코끝을 찌른다. 송도 바다를 느끼며 등대까지 걸었다. 쓸려간 모래를 채우기 위해 해변에 모래가 가득 쌓여 있다. 사람들은 파도에 밀려온 쓰레기를 줍는다. 송도해수욕장의 상징물인 평화의 여신상이 우뚝 서 있다. 어린 시절 가족들과 피서와 물놀이하던 생각이 떠올라 인증 숏을 찍었다. 맞은편 송림 테마거리에 송도 솔밭 도시숲이 있었다. 천혜의 자연 자원인 솔밭에서 약 100년 가까이 된 소나무의 에너지를 받고 싶어 신발을 벗어 두고 맨발로 걸었다. 아름드리 소나무와 맥문동 보라색 꽃이 어우러져 정겨웠다. 솔밭 도시숲을 지나 동빈내항을 따라가면 사람 사는 냄새가 물씬 풍기는 죽도

어시장이다. 해안 길 멀리 영일대해수욕장이 보이는 듯하다.

　　형산강 둔치길 상류에서 시작된 첫 번째 새벽길, 형산강 물길을 따라 인도교 공사 현장을 지나고 철길숲을 걷는 동안, 나는 오랫동안 잊고 지냈던 내 내면의 길과도 만날 수 있었다. 둘째 날 걸었던 형산강 하류는 새롭게 태어날 탄소중립 문화숲과 동빈내항을 거쳐 송도 바다, 솔밭 도시숲으로 이어졌다. 형산강 물길과 철길숲, 그리고 송도 바다와 송도솔밭 도시숲이 연결되는 포항의 새벽길을 통해 나는 참으로 아름다운 자연을 한껏 만끽했다. 이처럼 아름다운 포항의 길 중심에 형산강 둔치길이 있다. 얼마나 아름다운 포항의 길인가! 우리 안의 아름다운 공간을 재발견해 만들어가는 형산강 프로젝트가 완성되면 포항은 숲을 품은 아름다운 해양관광 도시로 거듭날 것이다.

　　강, 바다, 숲이 어우러지는 아름다운 도시 포항! 우리 모두 자연의 소중한 생명을 사랑하고, 맑은 공기를 뿜어 주는 환경의 보호자가 되어, 친환경 그린웨이 포항을 하얀 도화지 위에 그려 보았으면 좋겠다. 송도 바다가 형산강물을 고스란히 품듯이 그렇게.

『포항의 길』
제1부 〈포항에서 길을 찾다〉

저자 소개 특별기고 필자 포함

● **송호근**

포스텍 인문사회학부 석좌교수. 포스텍 융합문명연구원·문명시민교육원 원장. 사회학자. 칼럼니스트. 소설가. 미국 하버드대학교 사회학 박사. 3부작 시리즈인 『인민의 탄생』, 『시민의 탄생』, 『국민의 탄생』을 비롯해서 『정의보다 더 소중한 것』, 『혁신의 용광로』, 『가보지 않은 길』, 『나는 시민인가』, 『다시 빛 속으로』장편소설 등 40여 권이 넘는 책을 집필했다. 장편소설 『강화도』로 이병주 국제문학상을 수상했다. 중앙일보, 조선일보, 동아일보, 한겨레신문, 문화일보 등에 560여 편에 이르는 칼럼을 게재해 온 바 있다.

● **서명숙**

사단법인 제주올레 이사장. 한국관광공사 사외이사. 오마이뉴스 편집국장, 시사저널 편집장 등으로 활동했다. 2007 환경재단 '세상을 밝게 만든 100인', 한국 최초 아쇼카 펠로우에 선정됐다. '국민훈장 동백장' 대통령 훈장, 제13회 교보생명 환경대상 생태대안부문 대상, 제주올레 '제주관광대상', 제34회 일가상 '사회공익부문' 등을 수상했다. 『서귀포를 아시나요』, 『영초언니』, 『숨, 나와 마주 서는 순간』, 『식탐』, 『꼬닥꼬닥 걸어가는 이 길처럼』, 『무거운 집에 살아봤니』, 『놀멍 쉬멍 걸으멍 제주올레여행』 등 다수의 저작을 집필했다.

노승욱

포스텍 인문사회학부 교수. 포스텍평화연구소 부소장. 『문명과 경계』 편집위원. 서울대학교 국어국문학 박사. 포스텍평화연구소에서 『포항학 총서』 간행을 주관하고 있으며, 포스텍 문명시민교육원에서 〈일상의 글쓰기〉, 〈헨사HENSA 강좌〉 등을 기획·운영하고 있다. 『황순원 문학의 수사학과 서사학』, 『토의와 토론: 개념에서 전략까지』, 『스피치와 프레젠테이션』, 『문화콘텐츠로 묻고 스토리텔링으로 답하다』근간 등의 저서를 집필했고, 『윤동주 시선』, 『박목월 시선』 등을 편저했으며, 『총장의 고뇌: 대학의 혁신을 말하다』 외 다수의 저서를 공저했다.

이재원

포항지역학연구회 대표. 이재원화인의원 대표원장. 울산대학교 의과대학 졸업. 『포항을 알면 미래가 보인다』, 『용흥동 이야기』, 『포항의 숲과 나무』, 『사진으로 읽는 포항도심—중앙동·두호동 이야기』 등의 저서를 집필했고, 『포항인문학산책』, 『포항 6·25』, 『동해인문학을 위하여』 등을 함께 만들었다. 〈경북일보〉에서 오랫동안 칼럼을 써 왔으며, 〈TBN경북교통방송〉에서 '포항 읽어주는 남자'를 진행하며 포항의 여러 모습을 소개하였다. 현재 〈포항MBC〉 '전국시대'에서 문화를 곁들인 숲 이야기를 들려주고 있다.

김명훈

한국교원대학교 국어교육과 교수. 서울대학교 국어국문학 박사. 포스텍 〈소통과 공론 연구소〉 및 〈글쓰기 클리닉〉에서 이공학과 인문사회학의 창조적 융합을 위한 교육·연구 프로그램을 기획·운영했다. 주요 연구로 「두 개의 신화와 두 번의 돌아봄, 그리고 하나이지 않은 X」, 「87년 체제와 지연된 전향의 완수」 등이 있다.

저자 소개

● 김일광

동화·청소년소설 작가. 창주문학상 및 매일신문 신춘문예 동화 당선. 포항문인협회장 6년 재임. 경상북도문화상, 애린문화상 등을 수상했으며, 『귀신고래』, 『강치야, 독도 강치야』, 『조선의 마지막 군마』, 『동남제도 수호검』 등 동화 및 청소년소설 40여 권을 출판했다. *Where are you Gangchi?*, *Ballena Gris* 등이 번역 출판되었으며, 산문집 『호미곶 가는 길』을 간행했다. 『포항시사』, 『포항교육사』, 『포항문화사』 등을 공동 집필하였다.

● 김철식

한국학중앙연구원 사회과학부 교수. 서울대학교 사회학 박사. 사회학, 사회정책, 산업 및 조직, 고용과 노동시장에 대한 연구 및 교육을 하고 있다. 저서로 『대기업 성장과 노동의 불안정화』, 『디지털 시대의 노동과 노동권』^{근간} 등이 있고, 공저로는 『모두를 위한 노동교과서』, 『포항지진, 그 후』, 『디지털 시대의 구로지역』, 『동아시아 협력과 공동체: 국가주의적 갈등을 넘어서』, 『비정규직 없는 세상』 등이 있다.

● 이상준

포항문화원 부원장. 지역사학자. 수필가. 영남대학교 한국학 전공. 포항문화연구소 연구위원이며, 국가공무원^{서기관}, 포항대학교 외래교수^{한국사}로 재직했다. 저서로 『장기고을 장기사람 이야기』, 『포항에 뿌리박힌 포은의 자취』, 『영일유배문학산책』, 『포항의 3·1운동사』, 『장기고을에 가면 조선왕조 500년이 있다』 등이 있고, 공저로는 『포항시사』, 『포항체육100년사』, 『포항의 독립운동사』, 『포항 6·25』 등이 있다. 녹조근정훈장, 애린문화상, 경북도지사표창, 법무부장관표창, 행자부장관상, 포항시장표창, 검찰총장표창 등을 수상한 바 있다.

구자현

좋은선린병원장. 포항문화재단 문화경작소 청포도다방 대표. 계명대학교 의과대학 임상강사, 부산침례병원 혈관외과장, 한라병원 혈관이식외과 장으로 재직했다. 대한외과학회, 대한이식외과, 대한혈관외과의 정회원 으로 활동하고 있다. 주요 연구로 「생체 신장이식 후 사용한 Calcineurin Inhibitor의 종류에 따른 이식성적 비교」, 「국립장기이식관리센터 전후의 뇌사자 신이식의 변화양상」, 「국소 분절성 사구체경화증 환자의 신장이 식」 등이 있다.

박경숙

박경숙아트연구소장. 다락방미술관 대표. 38년간 지역에서 화가와 큐레 이터로 활동하고 있다. 1991~2004년에는 포항대백갤러리에서, 2006년부 터는 포항시립미술관에서 개관 준비 학예사를 시작으로 2016년까지 근 무하였다. 개인전으로 〈박경숙전〉 1998년, 포항대백갤러리, 〈결—존재의 울림〉 2007년, 대구대백프라자갤러리, 〈존재, 깊고 푸른〉 2018년 우수작가 초대전, 포항시립중앙아트홀 등을 비롯해서 200여 회의 국내외 초대 및 단체전에 출품하였다. 포항 지 역의 근대문화예술사 자료 수집과 인문학적인 내용의 기록 작업을 펼치 고 있다.

저자 소개

『포항의 길』
제2부 〈포항의 길을 이야기하다〉
———
저자 소개

● **고우련**
- -
University of Eastern Finland에서 교육심리학 박사과정을 수료하고 논문을 준비 중입니다. 즐겁게 가르치고 재미있게 배울 수 있는 교육을 꿈꾸고 있는 학생입니다.

● **김새미**
- -
포스텍 융합문명연구원에서 근무하고 있습니다. '소확행'을 꿈꾸는 평범한 집순이입니다.

● **김응수**
- -
포항시 그린웨이추진과장으로 근무하고 있습니다. 포항 시민들에게 사랑을 받고 있는 '포항 철길숲'을 만드는 일에 참여했습니다.

● **김준범**
- -
포스코 산학연협력실과 포스텍 기술사업화팀에서 근무하고 있습니다. 가지 않은 길을 개척하는 탐험가입니다.

- 남주엽

중등 교사를 34년간 하다가 2018년에 명예퇴직한 후에 배움의 시간을 확장하고 있는 중입니다. 포항에는 1995년부터 거주하기 시작하여 현재까지 살고 있습니다.

- 박은숙

포항시 복지정책팀장을 맡고 있습니다. 포항 시민의 행복한 일상을 위해 고민하는 사람 중 한 명입니다.

- 박하서

해병대 임관종합평가단장으로 근무하고 있습니다. 해병대 장교 30년 근무 중령 예편, 보국훈장 삼일장 수훈 후에 '영원한 해병'이 되어 배움과 나눔의 가치를 실천하며 살고 있습니다.

- 서종숙

문화가 밥처럼 일상이 되는 삶을 기획하는 ㈜문화밥 대표입니다.

- 서희정

길 위에서 길을 묻는, 즐거운 '딴따라'입니다.

- 안기숙

"현명한 사람은 한마디면 족하다." 요즈음은 이 글을 되새기며 삽니다.

저자 소개

- ## 유명리

일상의 소소함을 사랑하는 아날로그 감성의 주부이며 포항에서 10년째 살고 있습니다.

- ## 장현우

경북대학교 2학년 휴학 중이며 현재 사회복무요원으로 근무하고 있는 포항의 청년입니다.

- ## 장호근

포항철강공단에서 일하고 있으며, 마라톤과 음악 그리고 책을 사랑하는 사람입니다.

- ## 하윤정

KBS 포항방송국에서 근무하고 있습니다. 밝은 미소로 좋은 시너지를 나누는 삶을 꿈꿉니다.

포항의 길

초판 1쇄 인쇄 2021년 10월 22일
초판 1쇄 발행 2021년 11월 1일

기 획	포스텍 문명시민교육원
지은이	서명숙·노승욱 외 22인
펴낸이	최종숙
펴낸곳	글누림출판사

편 집	이태곤 권분옥 문선희 임애정 강윤경
디자인	안혜진 최선주 이경진
마케팅	박태훈 안현진

주 소	서울시 서초구 동광로46길 6-6(반포4동 577-25) 문창빌딩 2층(06589)
전 화	02-3409-2055(대표), 2058(영업), 2060(편집)
팩 스	02-3409-2059
전자우편	nurim3888@hanmail.net
홈페이지	www.geulnurim.co.kr
블로그	blog.naver.com/geulnurim
북트레블러	post.naver.com/geulnurim
등록번호	제303-2005-000038호(2005.10.5.)

정가는 뒤표지에 있습니다.
ISBN   978-89-6327-652-6 03810